Me llamo Lucy Barton

NEFELIBATA

Elizabeth Strout

Me llamo Lucy Barton

Traducción de Flora Casas

Duomo ediciones

Barcelona, 2016

Título original: *My Name is Lucy Barton*

© 2016, Elizabeth Strout

Esta traducción se ha publicado gracias al acuerdo con Random House, una división de Penguin Random House LLC

© 2016, de la traducción: Flora Casas
© 2016, de esta edición: Antonio Vallardi Editore S.u.r.l., Milán

Todos los derechos reservados

Primera edición en esta colección: enero 2022

Duomo ediciones es un sello de Antonio Vallardi Editore S.u.r.l.
Av. de la Riera de Cassoles, 20. 3.º B. Barcelona 08012 (España)
www.duomoediciones.com

Gruppo Editoriale Mauri Spagnol S.p.A.
www.maurispagnol.it

ISBN: 978-84-19004-08-6
Código IBIC: FA
DL B 11026-2016

Diseño de interiores:
Agustí Estruga

Composición:
Grafime

Impresión:
Grafica Veneta S.p.A. di Trebaseleghe (PD)
Impreso en Italia

Para mi amiga
Kathy Chamberlain

Hubo una época, hace ya muchos años, en la que tuve que estar en el hospital durante casi nueve semanas. Era en Nueva York, y por la noche tenía desde mi cama una vista clara, justo enfrente, del edificio Chrysler, con su esplendor geométrico de luces. Durante el día la belleza del edificio se atenuaba, poco a poco se convertía simplemente en una gran estructura más recortada contra un cielo azul, y todos los edificios de la ciudad parecían distantes, silenciosos, remotos. Era mayo, pasó junio, y recuerdo que miraba la acera desde la ventana y observaba a las mujeres jóvenes –de mi edad– que habían salido a comer, con su ropa primaveral: veía sus cabezas moverse mientras hablaban, sus blusas ondeantes con la brisa. Pensé que cuando saliera del hospital no volvería a andar por la calle sin dar las gracias por ser una de aquellas personas, y lo hice durante muchos años, recordar la vista desde la ventana del hospital y alegrarme por la acera por la que andaba.

Al principio fue una cosa sencilla: ingresé en el hospital para que me extirparan el apéndice. Después de dos días empezaron a darme de comer, pero no podía retener nada. Y de repente se presentó la fiebre. No fueron capaces de aislar ninguna bacteria ni de explicarse qué había salido mal. Ni entonces ni nunca. Tomaba líquidos por una vía intravenosa y antibióticos por otra. Iban sujetas a un palo metálico con las ruedas flojas que podía arrastrar de un lado a otro, pero me cansaba en seguida. Fuera cual fuese el problema que se había adueñado de mí, desapareció a principios de julio, pero hasta entonces me encontraba en un estado muy raro –literalmente una espera febril–, y angustiada de verdad. Tenía marido y dos hijas pequeñas en casa, echaba terriblemente de menos a las niñas y llegué a temer que la preocupación por ellas me pusiera más enferma. Cuando mi médico, por el que sentía un profundo afecto –era un judío de mofletes caídos que llevaba una delicada tristeza a sus espaldas, cuyos abuelos y tres de sus tías habían muerto en los campos de concentración, según le oí contarle a una enfermera, tenía una esposa y cuatro hijos mayores aquí, en Nueva York–, ese hombre tan encantador creo que sintió lástima por mí y se encargó de que mis niñas –tenían cinco y seis años– pudieran ir a verme si no tenían ninguna enfermedad. Las llevó a mi habitación una amiga de la familia, y vi que tenían la carita sucia, y también el pelo. Entré con ellas en la ducha, empujando el aparato de las vías, pero gritaron: «¡Qué flaca estás, mami!». Estaban realmente asustadas. Se sentaron conmigo en la cama mientras les secaba el pelo con una toalla y después se pusieron a dibujar, pero con miedo, quiero decir, que no se interrumpían cada dos por tres para decir: «Mami, mami, ¿te gusta esto? ¡Mami, mira el vestido de mi princesa!». Hablaron muy poco. Sobre todo la pequeña parecía incapaz de decir palabra, y cuando la rodeé con mis brazos vi que sacaba el labio inferior y le temblaba la barbilla: era una criaturita que intentaba con todas sus fuerzas ser valiente. Cuando se marcharon no me asomé a la ventana para verlas andar por la calle con la amiga que las había traído y que no tenía hijos.

Mi marido, desde luego, estaba muy liado entre llevar la casa y hacer su trabajo y no solía tener la oportunidad de venir a verme. Cuando nos conocimos me dijo que detestaba los hospitales –su padre había muerto en el hospital cuando él tenía catorce años–, y empecé a comprender que lo decía en serio. En la primera habitación que me asignaron había una anciana moribunda a mi lado que no paraba de gritar pidiendo ayuda. Me impresionó la indiferencia de las enfermeras mientras la mujer gritaba que se estaba muriendo. Mi marido no podía soportarlo –quiero decir que no soportaba ir a verme allí– y consiguió que me trasladaran a una habitación individual. Nuestro seguro médico no cubría semejante lujo, y cada día de hospitalización era una sangría para nuestros ahorros. Agradecí no volver a oír los gritos de aquella pobre mujer, pero me habría dado vergüenza que alguien hubiera sabido hasta qué punto llegaba mi soledad. Siempre que venía una enfermera a tomarme la temperatura, yo intentaba que se quedara unos minutos, pero las enfermeras tenían mucho que hacer y no podían perder el tiempo hablando.

Una tarde, unas tres semanas después de que me ingresaran, al apartar la mirada de la ventana vi a mi madre sentada en una silla al pie de la cama.

–Mamá –dije.

–Hola, Lucy –dijo ella, en un tono de voz tímido pero imperioso. Se inclinó hacia delante y me apretó un pie por encima de la sábana–. Hola, Pispajo –dijo.

Llevaba años sin ver a mi madre y no podía dejar de mirarla. No sabía por qué parecía tan distinta.

–¿Cómo has llegado hasta aquí, mamá? –le pregunté.

–Pues en avión. –Movió los dedos, y comprendí que eran demasiadas emociones para nosotras, así que yo también la saludé con la mano, sin incorporarme–. Creo que te pondrás bien –añadió, con el mismo tono tímido e imperioso a la vez–. No he tenido sueños.

Que estuviera allí y me hubiera llamado por mi mote, que no oía desde hacía siglos, me dio una sensación cálida, como de estar llena de líquido, como si toda mi tensión hubiera sido algo sólido y ya no. Solía despertarme a media noche y después dormitaba a ratos, o miraba con los ojos como platos las luces de la ciudad. Pero aquella noche dormí sin despertarme, y por la mañana mi madre seguía sentada en el mismo sitio que el día anterior.

–No importa –dijo cuando le pregunté–. Ya sabes que no soy de mucho dormir.

Las enfermeras se ofrecieron a llevarle una cama plegable, pero ella negó con la cabeza. Cada vez que una enfermera le ofrecía una cama, ella negaba con la cabeza. Dejaron de preguntarle pasado un tiempo. Mi madre se quedó conmigo cinco noches, y no durmió sino en la silla.

El primer día entero que pasamos juntas mi madre y yo hablamos a ratos; creo que ninguna de las dos sabía qué hacer. Me hizo varias preguntas sobre mis niñas, y yo le contesté notando calor en la cara.

—Son increíbles —dije—. Increíbles, de verdad.

No me preguntó por mi marido, aunque, como me contó él por teléfono, había sido él quien la había llamado para pedirle que viniera a quedarse conmigo, quien le había pagado el billete de avión, quien se había ofrecido a recogerla en el aeropuerto, a mi madre, que hasta entonces nunca había subido a un avión. A pesar de que mi madre dijo que tomaría un taxi, a pesar de que se negó a verlo cara a cara, mi marido le dio indicaciones y dinero para que viniera a verme. En aquellos momentos, sentada en una silla al pie de mi cama, mi madre tampoco dijo nada de mi padre, y yo tampoco dije nada sobre él. Deseaba que dijera «tu padre espera que te mejores», pero no lo hizo.

—Mamá, ¿te dio miedo subirte a un taxi?

Vaciló, y me dio la impresión de ver el terror que debió de invadirla al bajar del avión, pero contestó:

—Tengo boca, y para algo tenía que servirme.

Pasados unos momentos dije:

—Me alegro mucho de que estés aquí.

Sonrió brevemente y miró hacia la ventana.

Era a mediados de los ochenta, antes de los teléfonos móviles, y cuando sonaba el teléfono beis de al lado de mi cama y era mi marido —estoy segura de que mi madre se daba cuenta, por mi tono lastimero al decir «hola», como si fuera a echarme a llorar–, se levantaba silenciosamente de la silla y salía de la habitación. Supongo que en esos intervalos iba a la cafetería a comer, o llamaba a mi padre desde un teléfono público del vestíbulo, porque nunca la vi comer y porque me imaginaba que mi padre se preocupaba por su seguridad –que yo supiera, no había ningún problema entre ellos–, y después de hablar con las niñas por separado y de besar una docena de veces el micrófono del teléfono, recostarme sobre la almohada y cerrar los ojos, ella debía de volver a la habitación sin hacer ruido, porque cuando abría los ojos ya estaba allí.

Aquel primer día hablamos de mi hermano, el mayor de los tres, que seguía soltero y vivía en casa de mis padres, a pesar de tener treinta y seis años, y de mi hermana, también mayor que yo, que tenía treinta y cuatro y vivía a quince kilómetros de mis padres, con su marido y sus cinco hijos. Pregunté si mi hermano tenía trabajo.

—No tiene trabajo —contestó mi madre—. Pasa la noche con cualquier animal que vayan a matar al día siguiente.

Le pregunté qué había dicho, y repitió lo que había dicho:

—Pasa la noche con cualquier animal que vayan a matar al día siguiente. —Y añadió—: Va al establo de los Pederson y duerme al lado de los cerdos que van a llevar al matadero.

Me sorprendió escuchar esto y se lo dije. Mi madre se encogió de hombros.

Después hablamos de las enfermeras, y mi madre les puso motes inmediatamente: Galletita a la delgadita que era seca de sentimientos, Dolor de Muelas a la angustiada, mayor que Galletita, y Niña Seria a la mujer india que nos caía bien a las dos.

Pero como yo estaba cansada, mi madre se puso a contarme historias de personas que había conocido tiempo atrás. Hablaba de una manera que yo no recordaba, como si hace muchos años le hubieran embutido un montón de sentimientos, observaciones y palabras, y con una voz susurrante y sin afectación. Yo me quedaba adormilada a ratos, y cuando me despertaba le pedía que volviera a hablar, pero ella decía:

—Vamos, Pispajo, tienes que descansar.

–¡Si estoy descansando! Por favor, mamá, cuéntame algo. Cuéntame cualquier cosa. Háblame de Kathie Nicely. Siempre me encantó ese nombre.

–Ah, sí. Kathie Nicely. Madre mía, qué mal acabó.

Éramos raros, los de nuestra familia, incluso en aquel pueblecito minúsculo de Illinois, Amgash, donde había otras casas destartaladas y que necesitaban una mano de pintura o unos postigos o un jardín, sin ninguna belleza en la que reposar la mirada. Las casas estaban agrupadas en lo que era el pueblo, pero la nuestra no estaba junto a ellas. Aunque se diga que los niños aceptan sus circunstancias como algo normal, Vicky y yo comprendíamos que nosotros éramos diferentes. Los demás niños nos decían en el patio de recreo: «Vuestra familia da asco», y echaban a correr apretándose la nariz con los dedos. A mi hermana le dijo su maestra de segundo –delante de toda la clase– que ser pobre no era excusa para llevar porquería detrás de las orejas, que nadie era demasiado pobre para comprarse una pastilla de jabón. Mi padre trabajaba con maquinaria agrícola, pero lo despedían con frecuencia por desavenencias con el jefe, y después lo contrataban otra vez, supongo que porque era bueno en su trabajo y volvían a necesitarlo. Mi madre cosía en casa; un letrero pintado a mano donde el largo camino de entrada de nuestra casa se cruzaba con la carretera anunciaba: COSTURA Y ARREGLOS. Y aunque cuando mi padre rezaba con nosotros por la noche nos hacía dar gracias a Dios por tener suficiente para comer, la verdad es que muchas veces yo estaba muerta de hambre, y lo que cenábamos muchas noches era pan con melaza. Decir una mentira y desperdiciar comida siempre eran cosas que se castigaban. Por otra parte, en ocasiones y sin venir a cuento, mis padres –por lo general mi madre y por lo general en presencia de mi padre– nos pegaban impulsiva y vigorosamente, como creo que debían de sospechar algunas personas por las manchas de nuestra piel y nuestro carácter huraño.

Y el aislamiento.

Vivíamos en la zona de Sauk Valley, por donde puedes andar largo rato sin ver más que un par de vi-

viendas rodeadas de sembrados, y como ya he dicho, no teníamos casas cerca. Vivíamos con maizales y sembrados de soja que se extendían hasta el horizonte, y más allá del horizonte estaba la granja porcina de los Pederson. En medio de los maizales había un solo árbol, de una desnudez impresionante. Pensé durante muchos años que aquel árbol era mi amigo; y era mi amigo. Nuestra casa estaba al borde de un camino de tierra muy largo, no lejos del río Rock, cerca de unos árboles que servían para proteger los maizales del viento, así que no teníamos vecinos. Y en casa tampoco teníamos televisión, ni periódicos, ni revistas ni libros. El primer año de casada mi madre trabajó en la biblioteca del pueblo, y por lo visto –según me contó mi hermano más adelante– le encantaban los libros. Pero de repente en la biblioteca le dijeron a mi madre que habían cambiado las normas y que sólo podían contratar a una persona con la formación adecuada. Mi madre nunca les creyó. Dejó de leer, y pasaron muchos años hasta que fue a otra biblioteca de otro pueblo y volvió a sacar libros para llevarlos a casa. Cuento esto por la cuestión de cómo toman conciencia los niños de lo que es el mundo y de cómo actuar en él.

Por ejemplo, ¿cómo aprendes que es de mala educación preguntarle a una pareja por qué no tiene hijos? ¿Cómo se pone la mesa? ¿Cómo sabes que estás masticando con la boca abierta si nunca te lo ha dicho nadie? Aún más: ¿cómo sabes qué aspecto tienes cuando el único espejo de la casa es uno minúsculo muy por encima del fregadero o si nadie te ha dicho nunca que eres guapa, pero tu madre sí te dice, cuando tus pechos empiezan a desarrollarse, que cada día te pareces más a una vaca de las del establo de los Pederson?

Hoy sigo sin saber cómo se las arregló Vicky. No estábamos tan unidas como podría pensarse. A las dos nos faltaban amigos y nos sobraban burlas, y nos mirábamos mutuamente con el mismo recelo que mirábamos al resto del mundo. A pesar de que mi vida ha cambiado por completo, al recordar ahora aquellos primeros años, a veces me da por pensar que no estaba tan mal. Quizá no. Pero otras veces, inesperadamente, cuando voy andando por una calle al sol o contemplo la copa de un árbol doblándose con el viento, o veo un cielo de noviembre encapotarse sobre el East River, me invade de repente un conocimiento de la oscuridad tan profundo que puede escapárseme algún sonido de la boca, y entro en la tienda de ropa más próxima para hablar con cualquier desconocida sobre la hechura de los jerséis recién llegados. Así debe de ser como nos manejamos la mayoría de nosotros en el mundo, medio a sabiendas, medio sin saber, asaltados por recuerdos que no pueden ser ciertos. Pero cuando veo a los demás andando con seguridad por la calle, como si estuvieran completamente libres del terror, me doy cuenta de que no sé cómo son los demás. Hay mucho en la vida que parece pura especulación.

–Lo que le pasaba a Kathie –dijo mi madre–, lo que le pasaba a Kathie era que...

Se inclinó hacia delante en la silla y ladeó la cabeza con la barbilla apoyada en una mano. Fui dándome cuenta de que, durante los años en que apenas la había tratado, había engordado lo suficiente para que se le hubieran suavizado los rasgos. Ya no llevaba gafas de montura negra, sino beis, y el pelo pegado a la cara se había vuelto un poco más apagado, pero no gris, de modo que parecía una versión ligeramente más borrosa de cuando era más joven.

–Lo que le pasaba a Kathie es que era simpática –dije.

—No sé —dijo mi madre—. No sé lo simpática que era.

Nos interrumpió Galletita, la enfermera, que entró en la habitación con su carpeta, me sujetó la muñeca para tomarme el pulso, mirando al infinito, con los ojos azules perdidos. Me tomó la temperatura, echó un vistazo al termómetro, apuntó algo en mi historia y salió de la habitación. Mi madre, que había estado observando a Galletita, se puso a mirar por la ventana.

—Kathie Nicely siempre quería más. Yo pensé muchas veces que la razón por la que era amiga mía... bueno, no sé si se podría decir que éramos amigas de verdad, porque yo cosía para ella, y ella me pagaba, pero muchas veces he pensado que la razón por la que se quedaba en casa a hablar..., o sea, cuando le llegaron los problemas me hacía ir a su casa, pero lo que quiero decir es que siempre pensé que le *gustaba* que yo estuviera en unas circunstancias mucho peores que ella. A mí no tenía nada que envidiarme. Kathie siempre quería algo que no tenía. Tenía unas hijas preciosas, pero no era suficiente: quería un hijo. Tenía esa casa tan bonita en Hanston, pero no era lo bastante bonita: quería algo más cerca de una ciudad. ¿Qué ciudad? Ella era así. —Y después, arrancándose algo de la falda y entornando los ojos, añadió en voz más baja–: Era hija única, y yo creo que eso tiene algo que ver, con lo egocéntricos que pueden ser.

Noté esa sensación entre fría y caliente de cuando te dan un tortazo de improviso: mi marido era hijo único, y mi madre me había dicho hacía mucho tiempo que esa «condición», como lo llamaba ella, al final sólo podía llevar al egoísmo.

Mi madre siguió hablando.

–Vamos, que tenía celos. No de *mí*, naturalmente, pero por ejemplo, quería viajar. Y su marido no era así. Quería que Kathie se conformase con quedarse en casa, viviendo del sueldo de él. Le iba bien, era el encargado de una granja de maíz para ganado. Llevaban una vida de lo más agradable, francamente. Cualquiera habría querido una vida así. ¡Pero si hasta iban a bailar a un club! Yo no he estado en un baile desde el colegio. Kathie venía a verme y yo le hacía un vestido nuevo solamente para ir a un baile. A veces llevaba a las niñas, tan monas y tan bien educadas. Nunca se me olvidará la primera vez que las trajo a casa. Kathie me dijo: «Te presento a las guapas chicas Nicely». Y cuando yo empecé a decir: «Ah, desde luego, son preciosas», Kathie dijo: «No, es que las llaman así en el colegio de Hanston, las Guapas Chicas Nicely». Yo siempre he pensado en cómo se sentirá una, cuando te conocen como una Guapa

Chica Nicely. Aunque una vez –añadió mi madre, con su tono imperioso– pillé a una de ellas diciéndoles al oído a sus hermanas algo sobre nuestra casa, que olía raro...

–Son cosas de niños, mamá –dije–. Los niños siempre piensan que las casas huelen raro.

Mi madre se quitó las gafas, echó el aliento enérgicamente en las lentes y las limpió con la falda. Pensé que su cara parecía muy desnuda. No podía dejar de mirar su cara, que parecía tan desnuda.

–Y un día los tiempos cambiaron. La gente se cree que todo el mundo se volvió loco en los años sesenta, pero en realidad no fue hasta los setenta. –Reaparecieron las gafas (reapareció su cara), y añadió–: O a lo mejor los cambios tardaron más en llegar a ese poblacho nuestro. Pero un día Kathie vino de visita, y estaba muy rara, no paraba de reírse como una tonta... vamos, como una quinceañera. Tú ya te habías ido. A... –Mi madre levantó un brazo y movió los dedos. No dijo «al colegio» ni «a la universidad», y yo tampoco pronuncié esas palabras. Dijo–: «A Kathie le gustaba alguien que había conocido, yo lo tenía muy claro, pero ella no me lo soltó así. Tuve una visión... una *aparición*, para ser más exactos. Me vino allí mismo, mientras la miraba. Y al verlo, me dije: Uy, uy, Kathie se ha metido en un lío».

—Y se había metido en un lío —dije.

—Y tanto.

Kathie Nicely se había enamorado de uno de los profesores de una de sus hijas —por entonces iban las tres al instituto—, y empezó a ver a aquel hombre en secreto. Le dijo a su marido que tenía que realizarse más plenamente y que no podía hacerlo sujetada a las cadenas domésticas. De modo que se marchó, dejó a su marido, a sus hijas, su casa. Mi madre no se enteró de los detalles hasta que un día Kathie la llamó llorando. Mi madre fue a verla en coche. Kathie había alquilado un piso pequeño, y estaba en un asiento relleno de bolitas de poliestireno, mucho más delgada de lo normal, y le confesó a mi madre que se había enamorado, pero que en cuanto se marchó de su casa aquel tipo la dejó, le dijo que no podía continuar con lo que estaban haciendo. Al llegar a este punto de la historia mi madre enarcó las cejas, como si el asunto le causara gran perplejidad pero no le disgustara.

—El caso es que su marido se puso furioso y se sintió humillado y *no* dejó que volviera con él.

Su marido no la dejó volver. Se pasó más de diez años sin siquiera hablarle. Cuando se casó la chica mayor, Linda, recién acabado el instituto, Kathie invitó a mis padres a la boda, porque —según suponía mi madre– en la boda no tenía a nadie más que se hablara con ella.

–Esa chica se casó tan rápido –continuó mi madre, hablando apresuradamente– que la gente pensó que estaba embarazada, pero yo no me enteré de que llegara ningún niño, y se divorció un año después y se fue a Beloit, según creo, a buscar un marido rico. Me han contado que lo encontró, creo. –Dijo que en la boda no paró de dar vueltas, toda nerviosa–. Daba tristeza verla. Evidentemente, nosotros no conocíamos a nadie, y saltaba a la vista que ella casi nos había contratado para que estuviéramos allí. Nos sentamos en las sillas... Recuerdo que en una pared de ese sitio, sí, el Club, un sitio de Hanston absurdo, muy fino, había un montón de puntas de flecha indias detrás de un cristal, y yo pensaba que por qué estarían allí, que a quién podían interesarle esas puntas de flecha..., y Kathie intentaba hablar con alguien pero en seguida volvía con nosotros. Es que ni siquiera Linda, toda peripuesta de blanco (y Kathie no me había pedido que le hiciera el vestido: la chica se lo compró ella), ni la novia le daba la hora a su madre. Kathie lleva viviendo en una casita a pocos kilómetros de la de su marido, su exmarido, casi quince años. Las chicas fueron leales a su padre. Cuando lo pienso, me sorprende que al menos le permitieron a

Kathie ir a la boda. De todos modos él nunca ha estado con nadie más.

—Debería haber dejado que Kathie volviera con él —dije, con lágrimas en los ojos.

—Supongo que se sentiría herido en su orgullo.

Mi madre se encogió de hombros.

—Al fin y al cabo, él está solo, ella está sola, y algún día se morirán.

—Es verdad —dijo mi madre.

Aquel día acabé angustiándome, por el destino de Kathie Nicely, mientras mi madre seguía sentada al pie de mi cama. Al menos así lo recuerdo. Sé que le dije a mi madre, con un nudo en la garganta y escozor en los ojos, que el marido de Kathie debería haber aceptado que volviera con él. Estoy segura de que dije: «Lo lamentará. Te aseguro que lo lamentará».

Y mi madre dijo:

—Me parece que es ella la que lo lamenta.

Pero quizá no fuera eso lo que dijo mi madre.

Hasta que tuve once años vivimos en un garaje. Era de mi tío abuelo, que vivía en la casa de al lado, y en el garaje sólo había un hilo de agua fría que salía de un fregadero improvisado. El aislante clavado a la pared tenía un relleno que parecía caramelo de algodón rosa, pero era fibra de vidrio, y podíamos cortarnos con él: eso nos decían. A mí me intrigaba, y me quedaba mirándolo muchas veces, una cosa tan bonita y que no pudiera tocarla, y me intrigaba que lo llamaran vidrio. Ahora me parece raro cuánto tiempo le dediqué al misterio de la fibra de vidrio rosa, tan bonita y peligrosa, con la que vivíamos continuamente al lado. Mi hermana y yo dormíamos en una litera hecha con dos camas plegables de lona sujetadas por unos postes metálicos. Mis padres dormían debajo de la única ventana, que daba a los extensos maizales, y mi hermano tenía una cama plegable en el otro rincón. Por la noche se oía el zumbido del pequeño frigorífico, que se encendía y se apagaba. Algunas noches entraba la luz de la luna por la ventana; otras estaba muy oscuro. En invierno hacía tanto frío que algunas veces no podía dormir, y otras, mi madre calentaba agua en el hornillo, la echaba en la bolsa de goma roja y me la daba para que durmiera con ella.

Cuando murió mi tío abuelo nos trasladamos a la casa, donde había agua caliente y retrete con cisterna, pero en invierno hacía mucho frío. Siempre he aborrecido el frío. Hay ciertos elementos que determinan el camino que tomamos, y raramente podemos encontrarlos o señalarlos con precisión, pero a veces pienso que me quedaba hasta tarde en el colegio, donde hacía calorcito, solamente para *calentarme*. Con una silenciosa señal de la cabeza y una expresión amable, el conserje siempre me abría la puerta de un aula en la que los radiadores aún susurraban, y allí hacía los deberes. Muchas veces oía el débil eco del gimnasio cuando las animadoras ensayaban, o el rebote de un balón de baloncesto, o a lo mejor en la sala de música también estaba ensayando la banda, pero yo me quedaba sola en la clase, calentándome, y así aprendí que el trabajo se hace sencillamente haciéndolo. Comprendía la lógica de los deberes de una manera que no comprendía si los hacía en casa. Y cuando acababa, me ponía a leer hasta que tenía que marcharme.

La escuela primaria no era lo suficientemente grande para tener biblioteca, pero en las aulas había libros que podíamos llevarnos a casa. En tercer grado leí un libro que hizo que quisiera escribir yo también. Era sobre dos chicas que tenían una madre muy simpática y que se fueron a otra ciudad a pasar el verano. Eran unas chicas felices. En la ciudad nueva había una chica que se llamaba Tilly –¡Tilly!–, que era rara y no gustaba porque era sucia y pobre, y las chicas no eran amables con Tilly, pero la madre simpática las obligó a ser buenas con ella. Eso es lo que recuerdo del libro: Tilly.

Mi profesor se dio cuenta de que me encantaba leer y me daba libros, incluso libros de mayores, y yo los leía. Más adelante, en el instituto, seguí leyendo libros, cuando acababa los deberes, en un aula con calefacción. Pero los libros me aportaban cosas. Eso es lo importante. Hacían que me sintiera menos sola. Eso es lo importante para mí. Y pensaba: ¡Escribiré y la gente no se sentirá tan sola! (Pero era mi secreto. Ni siquiera se lo conté a mi marido inmediatamente, cuando lo conocí. Yo no podía tomarme en serio, pero lo hacía. ¡Me tomaba –en secreto, muy en secreto– muy en serio! Sabía que *era* escritora. No sabía lo duro que sería, pero eso no lo sabe nadie y, además, no tiene importancia.)

Por las horas que pasaba en el aula al calor, por lo que leía y porque veía que si no me saltaba ninguna tarea los deberes tenían un porqué, por todas esas cosas mis notas llegaron a ser inmejorables. En mi último curso la tutora me llamó a su despacho y me dijo que una universidad a las afueras de Chicago me ofrecía una plaza con todos los gastos pagados. Mis padres no dijeron gran cosa al respecto, seguramente para proteger a mi hermano y a mi hermana, que no habían sacado notas inmejorables, ni siquiera especialmente buenas: ninguno de los dos siguió estudiando.

Fue la tutora quien me llevó en su coche a la universidad un día de un calor abrasador. ¡Y aquel sitio me dejó sin habla, me enamoró inmediata, silenciosamente! Me pareció enorme, con edificios por todos lados –a mis ojos, el lago era sencillamente gigantesco–, gente paseando, entrando y saliendo de las aulas. Estaba aterrada, pero no tanto como entusiasmada. En seguida aprendí a imitar a la gente, a procurar que pasaran inadvertidas mis lagunas en la cultura popular, aunque esa parte no resultó fácil.

Pero recuerdo lo siguiente: cuando fui a casa el día de Acción de Gracias, no pude dormir esa noche, y era porque tenía miedo de que mi vida en la universidad fuera un sueño. Tenía miedo de despertarme y verme una vez más en aquella casa y vivir en aquella casa para siempre, algo que me parecía insoportable. Pensé: No. Lo pensé mucho rato, hasta que me quedé dormida.

Encontré trabajo, cerca de la universidad, y compraba ropa en una tienda de segunda mano. Era a mediados de los setenta, y esa clase de ropa se aceptaba incluso si no eras pobre. Que yo sepa, nadie hablaba de cómo me vestía pero una vez, antes de conocer a mi marido, me enamoré como una loca de un profesor y tuvimos una breve aventura. Era pintor, y me gustaba su obra, y aunque comprendí que no la entendía, lo que me gustaba era *él*, su severidad, su inteligencia, que entendiera que había que renunciar a ciertas cosas si quería llevar la vida que podía llevar: por ejemplo, los hijos, a los que renunciaba. Pero cuento esto con un solo propósito: fue la única persona que yo recuerde de mi juventud que habló de mi ropa, y lo hizo comparándome con una profesora de su departamento que se vestía con cosas caras y tenía un físico grande, y yo no. Dijo:

–Tú tienes más sustancia, pero Irene tiene más estilo.

Yo dije:

–Pero el estilo *es* la sustancia.

Todavía no sabía que eso fuera verdad: simplemente lo había anotado un día en la clase de Shakespeare porque lo dijo el profesor de Shakespeare, y me pareció que era verdad. El pintor replicó:

–En ese caso, Irene tiene más sustancia.

Sentí un poco de vergüenza por él, porque pensara que yo no tenía estilo porque la ropa que llevaba *era* yo, y si había salido de tiendas de segunda mano y no eran prendas corrientes, ni se me pasó por la cabeza que eso significara nada, salvo para alguien bastante superficial. Y un día dejó caer:

–¿Te gusta esta camisa? Esta camisa la compré en Bloomingdale's, una vez que estuve en Nueva York. Es algo que recuerdo cada vez que me la pongo.

Y volví a sentir vergüenza, porque él parecía pensar que era algo importante, y yo lo consideraba más profundo, más listo que todo eso: ¡era pintor! (Yo lo quería mucho.) Que yo recuerde, debió de ser la primera persona que se planteó a qué clase social pertenecía yo –aunque entonces yo ni siquiera habría conocido las palabras para expresarlo–, porque me llevaba en su coche por diversos barrios y me preguntaba: «¿Tu casa es como ésa?». Y ninguna de las casas que señalaba me resultaba familiar. No eran grandes; simplemente, no se parecían en nada al garaje en el que viví, del que le había hablado, ni a la casa de mi tío abuelo. No me daba pena lo del garaje –no como creo que él suponía–, pero él parecía pensar que sí me daba pena. Y sin embargo, lo quería. Un día me preguntó qué comíamos cuando era pequeña. No le dije: «Sobre todo pan con melaza». Le dije: «Comíamos muchas alubias con tomate». Y él replicó: «Y después, ¿qué hacíais? ¿Tiraros pedos?». En aquel momento comprendí que no me casaría con él. Es curioso que una sola cosa baste para que te des cuenta de algo así. Puedes estar dispuesta a renunciar a los hijos que siempre has deseado, puedes estar dispuesta a soportar comentarios sobre tu pasado, o sobre tu ropa, pero de repente..., un comentario mínimo, y el alma se desinfla y dice: ah.

Desde entonces me he hecho amiga de muchos hombres y mujeres, y todos dicen lo mismo: siempre ese detalle revelador. Lo que quiero decir es que no se trata solamente de la historia de una mujer. Es lo que nos pasa a muchos, si tenemos la suerte de oír ese detalle y prestarle atención.

Al recordar, supongo que yo era muy rara, que hablaba demasiado alto, o que no decía nada cuando salían en la conversación temas de la cultura popular: creo que respondía de una manera extraña a tipos corrientes de humor que yo desconocía. Creo que no comprendía en absoluto el concepto de ironía y que desconcertaba a la gente. Cuando conocí a William, mi marido, me dio la impresión de que realmente comprendía algo de mí, y me llevé una sorpresa. Era el ayudante de laboratorio de mi profesor de biología cuando yo estaba en segundo, y tenía una visión propia y solitaria del mundo. Mi marido era de Massachusetts, hijo de un prisionero de guerra alemán al que habían enviado a trabajar a los patatales de Maine. Medio muerto de hambre, como tantos otros, aquel hombre conquistó el corazón de la esposa de un agricultor y cuando volvió a Alemania después de la guerra, pensaba en ella, le escribía cartas y le decía que le daban asco Alemania y todo lo que habían hecho. Regresó a Maine y se escapó con la mujer del agricultor, a Massachusetts, donde estudió ingeniería civil. Naturalmente, el matrimonio le costó muy caro a la esposa. Mi marido tenía la misma pinta de alemán rubio que su padre en las fotos que yo vi. Su padre hablaba mucho en alemán cuando William era pequeño, pero murió cuando mi marido tenía catorce años. No han quedado cartas entre el padre y la madre de William, y no sé si el padre sentía de verdad asco por Alemania. William creía que sí, y durante muchos años yo también lo creí.

Huyendo de las penurias de su madre viuda, William se fue a estudiar al Medio Oeste, pero cuando yo lo conocí ya estaba deseando volver al Este, lo antes posible. Sin embargo, quería conocer a mis padres. Fue idea suya que fuéramos juntos a Amgash para que les explicara que íbamos a casarnos y a trasladarnos a Nueva York, donde lo esperaba un puesto de posdoctorado en una universidad. La verdad es que ni se me había pasado por la cabeza preocuparme: no concebía volverle la espalda a nada. Estaba enamorada, la vida seguía su curso y eso parecía lo natural. Atravesamos hectáreas de plantaciones de soja y maíz. Era a principios de junio, y a un lado estaba la soja de un verde intenso, iluminando con su belleza las desdeñosas pendientes de los sembrados, y al otro lado estaba el maíz, que aún no me llegaba a las rodillas, de un verde claro que se oscurecería en las siguientes semanas, con las hojas flexibles que después se endurecerían. (¡Ah, maíz de mi juventud, tú fuiste mi amigo!, corriendo a todo correr entre las hileras, corriendo como únicamente puede correr un niño, a solas, en verano, corriendo hasta el árbol desnudo que se erguía en medio del maizal.) En mi recuerdo, el cielo era gris mientras íbamos en el coche, y parecía elevarse –no clarear, sino elevarse–, y era muy bonito, la sensación de que se elevaba y se aligeraba, con un levísimo toque de azul en el gris, los árboles llenos de hojas verdes.

Recuerdo que mi marido dijo que no se esperaba que mi casa fuera tan pequeña.

No nos quedamos con mis padres un día entero. Mi padre llevaba el mono de mecánico. Miró a William, y cuando se estrecharon la mano, vi la cara de mi padre tremendamente contraída, como la expresión que con frecuencia precedía a lo que de pequeña yo llamaba –para mis adentros– la *Cosa*, es decir, una situación en la que mi padre se ponía muy nervioso y no se controlaba. Después, creo que no volvió a mirar a William, pero no estoy segura. William se ofreció a llevar a mis padres, mi hermano y mi hermana a cenar al pueblo, en el sitio que ellos eligieran. Noté que me ardía la cara cuando lo dijo; nunca habíamos comido en familia en un restaurante. Mi padre le dijo: «Tu dinero aquí no sirve»; William me miró confuso, y yo hice un minúsculo movimiento con la cabeza, murmurando que teníamos que marcharnos. Mi madre se acercó hasta donde estaba yo, sola al lado del coche, y dijo:

–Tu padre tiene muchos problemas con los alemanes. Deberías habérnoslo dicho.

–¿Deciros qué?

–Ya sabes que tu padre estuvo en la guerra, y unos alemanes intentaron matarlo. Lo ha pasado fatal desde el momento en que vio a William.

–Sé que papá estuvo en la guerra –dije–. Pero nunca habló de nada de eso.

–Cuando se trata de las experiencias de la guerra, hay dos clases de hombres –dijo mi madre–. Unos hablan de ellas, y otros, no. Tu padre es de los que no.

–¿Y eso por qué?

–Porque no sería decente –contestó mi madre. Y añadió–: Por Dios bendito, ¿a ti quién te crio?

No fue sino hasta muchos años después, mucho después, que me enteré, por mi hermano, de que mi padre, mientras estaba en una ciudad alemana, se topó un día con dos jóvenes que lo asustaron, y mi padre les disparó por la espalda. No pensaba que fueran soldados, no iban vestidos de militar, pero les disparó, y cuando le dio la vuelta a uno de una patada, vio lo joven que era. Mi hermano me contó que a mi padre William le había parecido una versión con más años de esa persona, un joven que había vuelto para burlarse de él, para llevarse a su hija. Mi padre había matado a dos chicos alemanes, y cuando estaba en el lecho de muerte le dijo a mi hermano que no había pasado un solo día en que no pensara en ellos y en que debía haberse quitado la vida para compensar. No sé qué más le pasaría a mi padre en la guerra, pero estuvo en la batalla de las Ardenas y en el bosque de Hürtgen, dos de los peores sitios para estar en la guerra.

Mi familia no asistió a mi boda ni se dio por enterada de ella, pero cuando nació mi primera hija llamé a mis padres desde Nueva York, y mi madre me dijo que lo había soñado, así que ya sabía que tenía una niña, pero que no sabía el nombre, Christina. Desde entonces los llamaba en sus cumpleaños y en vacaciones, y los llamé cuando nació Becka, mi segunda hija. Hablábamos con cortesía, pero nos sentíamos incómodos, o eso me parecía, y no vi a nadie de mi familia hasta el día en que mi madre apareció al pie de mi cama en el hospital desde cuya ventana se veía resplandecer el edificio Chrysler.

En la oscuridad, le pregunté en voz baja a mi madre si estaba despierta.

Sí, sí, me contestó. En voz baja. A pesar de que sólo estábamos las dos en aquella habitación de hospital con el edificio Chrysler brillando en la ventana, hablábamos en susurros, como si pudiéramos molestar a alguien.

–¿Por qué crees que el hombre del que se enamoró Kathie le dijo que no podía seguir adelante cuando ella dejó a su marido? ¿Le entraría el miedo?

Pasados unos momentos, mi madre dijo:

–No sé, pero Kathie me contó que le confesó que era homosexual.

–¿Gay? –Me incorporé y la vi al pie de la cama–. ¿Le dijo que era *gay*?

–Supongo que así los llaman ahora. En mis tiempos decíamos «homosexual». Él dijo homosexual. O lo dijo Kathie. No sé quién diría homosexual, pero lo era.

–Vamos, mamá, que me estás haciendo reír –y la oí reír a ella también, aunque dijo:

–No sé qué te hace tanta gracia, Pispajo.

–Tú, mamá. –Se me escaparon las lágrimas de la risa–. La historia es graciosa. ¡Es *tremenda*!

Todavía riendo –de la misma manera contenida pero imperiosa con la que había hablado durante el día– dijo:

–No sé yo qué gracia tiene dejar a tu marido por una persona gay y luego descubrirlo, cuando crees que vas a tener un hombre completo.

–Eres tremenda, mamá.

Volví a tumbarme.

Mi madre dijo pensativamente:

–A veces pienso que a lo mejor no *era* gay, que Kathie lo asustó cuando dejó su vida por él. Que a lo mejor él se lo inventó.

Reflexioné unos momentos.

–En aquella época no sé si un hombre se inventaría una cosa así sobre sí mismo.

–Bueno, sí, supongo que es verdad –dijo mi

madre–. No sé nada del amigo de Kathie, francamente. No sé si todavía anda por ahí ni nada.

–Pero ¿llegaron a *hacerlo*?

–No lo sé –contestó mi madre–. ¿Cómo voy yo a
saberlo? ¿Hacer qué? ¿Tener relaciones? ¿Cómo de-
monios voy a saberlo yo?

–Seguro que tuvieron relaciones –dije yo, porque
me parecía gracioso decirlo así y también porque lo
creía–. No dejas tirados a tres niñas y un marido por
quedarte *colgada* de alguien.

–A lo mejor sí.

–Vale. A lo mejor sí. Y el marido de Kathie, el
señor Nicely, ¿en serio que no ha estado con nadie
desde entonces? –pregunté.

–El exmarido. Se divorció de ella a toda prisa.
Pero no, creo que no. No hay indicios de semejante
cosa. Pero nunca se sabe.

Quizá fuera la oscuridad con sólo la pálida grieta
de luz que entraba por una rendija de la puerta, con
la constelación del magnífico edificio Chrysler al
otro lado lo que nos permitía hablar como nunca
habíamos hablado antes.

–La gente –dije.

–La gente –dijo mi madre.

¡Ah, qué feliz me sentía! Estaba feliz hablando así
con mi madre.

En aquella época –y era a mediados de los ochenta, como ya he dicho–, William y yo vivíamos en el West Village, en un apartamento pequeño cerca del río. Sin ascensor, y era tremendo, con dos niñas pequeñas y sin lavandería en el edificio y, además, con perro. Llevaba a mi hija menor en una mochila a la espalda –hasta que creció demasiado–, sacaba a pasear el perro y tenía que inclinarme precariamente para recoger su porquería en una bolsa de plástico, como te indicaban los letreros: LIMPIE LOS EXCREMENTOS DE SU PERRO. Y siempre gritándole a mi hija mayor que me esperase, que no bajase de la acera. ¡*Espera, espera*!

Tenía dos amigos, y estaba medio enamorada de uno de ellos, Jeremy. Él vivía en la última planta de nuestro edificio, y era casi de la edad de mi padre. Había nacido en Francia, de familia de aristócratas, pero lo dejó todo para vivir en Estados Unidos, desde joven. «Por entonces todo el que era diferente quería estar en Nueva York», me contó. «Era el sitio al que había que venir. Supongo que sigue siéndolo.» Jeremy había decidido a la mitad de su vida ser psicoanalista, y cuando lo conocí aún tenía unos cuantos pacientes, pero no me contaba cómo era eso. Tenía una consulta enfrente de la New School, e iba tres veces a la semana. Me lo encontraba por la calle, y verlo –alto, delgado, de pelo oscuro, vestido con un traje oscuro y una expresión conmovedora– siempre me levantaba el ánimo. «¡Jeremy!», le decía, y él sonreía y se quitaba el sombrero de una manera refinada, anticuada y europea: así lo veía yo.

Su apartamento yo sólo lo había visto una vez, un día que me quedé en la calle, sin llave, y tuve que esperar a que apareciera el conserje. Jeremy me vio en la escalera con el perro y las dos niñas, frenética, y me dejó entrar. Las niñas se callaron y se portaron bien en cuanto entramos en casa de Jeremy, como si supieran que allí nunca había niños, y la verdad es que yo nunca había visto niños ir a su casa. Sólo dos o tres hombres y de vez en cuando una mujer. La casa estaba limpia y despejada; un lirio morado en un jarrón de cristal se recortaba contra una pared blanca, y había obras de arte en las paredes que me hicieron comprender lo lejos que estábamos él y yo. Lo digo porque no entendí las obras, objetos oscuros y alargados, casi abstractos pero no exactamente, y sólo comprendí que eran indicios de un mundo sofisticado que yo jamás llegaría a entender. Jeremy se sentía incómodo con mi familia en su casa, lo noté, pero era un caballero muy educado, y por eso lo quería yo tanto.

Tres cosas sobre Jeremy:

Estaba yo un día en la escalera de entrada, y cuando salió él del edificio, le dije: «Jeremy, a veces, cuando estoy aquí no me puedo creer que de verdad esté en Nueva York. Me pongo a pensar: ¿Quién lo hubiera dicho? ¡Yo, viviendo en Nueva York!».

Y la expresión que puso –involuntariamente, y se le borró en seguida– fue una expresión de auténtico fastidio. Todavía no me había enterado de que a la gente de ciudad le dan un profundo asco los realmente catetos.

* * *

Lo segundo que quiero contar sobre Jeremy: publicaron mi primer relato justo después de trasladarme a Nueva York, pasó el tiempo y publicaron el segundo. Chrissie se lo dijo un día a Jeremy, en las escaleras de entrada.

—¡A mami le han sacado un cuento en una revista!

Jeremy me miró fijamente; yo tuve que apartar la mirada.

—No, qué va —dije—. Una bobada, una revista literaria muy pequeña.

Jeremy dijo:

—Así que eres escritora. Artista. Lo sé, porque yo trabajo con artistas. Supongo que siempre he sabido que tú lo eras.

Negué con la cabeza. Pensé en el pintor de la universidad, en lo bien que se conocía a sí mismo, en su capacidad de renunciar a los hijos.

Jeremy se sentó en un escalón, a mi lado.

—Los artistas son distintos de las demás personas.

—No, no lo son.

Me puse colorada. Yo siempre había sido diferente, y no quería seguir siendo diferente.

—Pero lo son. —Me dio un golpecito en una rodilla—. Lucy, tienes que ser implacable.

Chrissie se puso a dar saltos.

—Es una historia triste —dijo—. Yo todavía no sé

leer, bueno, sé leer *algunas* palabras, pero es una historia triste.

–¿Puedo leerla?

Eso me preguntó Jeremy.

Le dije que no.

Le dije que me sentaría muy mal si no le gustaba. Asintió y dijo:

–Vale, no volveré a pedírtelo, pero, Lucy, hablas mucho conmigo y no puedo imaginarme leer algo tuyo que no me guste.

Recuerdo claramente que dijo «implacable». Él no parecía implacable, y yo no creía que yo lo fuera o pudiera serlo. Quería a Jeremy; era amable.

Me dijo que fuera implacable.

Una cosa más sobre Jeremy: la epidemia del sida era algo nuevo. Por las calles pasaban hombres huesudos y demacrados, y sabías que estaban enfermos de aquella plaga repentina, de tintes casi bíblicos. Y un día, sentada en la escalera de entrada con Jeremy, dije algo que me sorprendió. Después de que pasaran lentamente dos de aquellos hombres, dije:

–Sé que es una barbaridad, pero casi me dan envidia. Porque se tienen el uno al otro, están unidos en una auténtica comunidad.

Jeremy me miró, con una expresión de verdadera bondad, y ahora comprendo que él reconocía algo de lo que yo no era capaz: que a pesar de estar en la plenitud de la vida, me sentía sola. La soledad fue el primer sabor que había probado en mi vida, y seguía allí, oculto dentro de la cavidad de mi boca, recordándomelo. Creo que él lo vio aquel día. Y fue amable. Lo único que dijo fue «sí». Podría haber dicho: «Pero ¿estás loca? ¡Si se están muriendo!». Pero no lo dijo, porque comprendió mi soledad. Eso es lo que quiero pensar. Eso es lo que pienso.

En una de esas tiendas de ropa por las que Nueva York tiene tanta fama, uno de esos sitios de propiedad privada, un poco como las galerías de arte de Chelsea, conocí a una mujer que tendría mucha influencia sobre mí, que podría ser –de una manera que no acabo de comprender del todo– la razón por la que he escrito estas páginas. Fue hace muchos años: mis hijas tendrían, una, once años, y la otra, doce. El caso es que vi a aquella mujer en la tienda de ropa y me di cuenta de que ella no me había visto. Tenía ese aire distraído que raramente se ve ya en las mujeres, y la hacía atractiva, lo llevaba muy bien, y yo le habría echado casi cincuenta años. Era atractiva en muchos sentidos, tenía estilo, y el pelo, de un color que antes llamábamos ceniza, estaba bien teñido, con lo que quiero decir que no era de frasco, sino que había pasado por las manos de una persona que trabajaba en una peluquería. Y sin embargo, fue su cara lo que más me llamó la atención. Su cara, que estuve observando en el espejo mientras me probaba una chaqueta negra, hasta que le pregunté:

–¿Cree que esto queda bien?

Puso expresión de sorpresa, como si no se le hubiera ocurrido que pudieran pedirle su opinión sobre ropa.

–No, lo siento, no trabajo aquí –dijo.

Le dije que ya lo suponía, que sólo quería su opinión, que me gustaba su forma de vestir.

–Ah, ¿sí? Vale. Gracias. Vaya. Sí, sí... –Debió de verme ajustándome las solapas de la chaqueta por la que le había preguntado–. Es bonita, muy bonita. ¿Va a ponérsela con esa falda?

Hablamos de la falda, y de si tenía una más larga, por si acaso, como lo expresó ella, me «apetecía llevar un día tacones, vamos, ir un poco más puesta».

Pensé que era tan hermosa como su cara, y me encantó Nueva York por el regalo de los infinitos encuentros. Quizá también viera la tristeza en ella.

Eso es lo que pensé cuando llegué a casa y su cara se me vino a la cabeza. Era algo que no sabías que hubieras visto en su momento, porque sonreía mucho y tenía la cara resplandeciente. Tenía la expresión de una mujer de la que todavía se enamoraban los hombres.

Le pregunté:

−¿Qué haces?

−¿Que en qué trabajo?

−Sí −dije−. Da la impresión de dedicarse a algo interesante. ¿Es actriz?

Volví a colgar la chaqueta en la percha; no tenía dinero para comprar semejante cosa.

No, no, dijo, y añadió (juro que la vi ponerse colorada): «Soy sólo una escritora. Nada más». Como si fuera mejor confesarlo, porque me dio la impresión de que ya la habían pillado en otras ocasiones. O quizá no pensara nada más: era «sólo una escritora». Le pregunté qué escribía, y volvió a ponerse visiblemente colorada. Con un movimiento de la mano, contestó: «Pues libros, ficción y esas cosas. Nada importante, la verdad».

Tenía que preguntarle cómo se llamaba, y otra vez me dio la sensación de que la avergonzaba profundamente. Dijo de un tirón: «Sarah Payne», y como no quería avergonzarla más, le di las gracias por el consejo. Entonces pareció tranquilizarse y nos pusimos a hablar de dónde encontrar los mejores zapatos –ella llevaba unos de charol, de tacón–, y pensé que eso sí le gustó, y después nos despedimos. Las dos dijimos que era estupendo haberse conocido.

Ya en casa –nos habíamos mudado a un piso de Brooklyn Heights–, con las niñas sin parar de corretear y de gritar que dónde estaba el secador o la blusa que había llevado a la lavandería, busqué entre nuestros libros y vi que Sarah Payne se parecía sólo un poco a la fotografía de la solapa: yo había leído sus libros. Y de pronto recordé haber estado en una fiesta con un hombre que la conocía. Habló de su obra y dijo que era buena escritora, pero que no podía evitar cierta «compasión blanduzca» que a él le repugnaba y que, a su juicio, rebajaba su obra. De todos modos, le gustaban sus libros. A mí me gustan los escritores que intentan contarte algo verdadero. También me gustaba su obra porque de pequeña ella había vivido en un pomar de un pueblo de mala muerte en Nuevo Hampshire, y escribía sobre las zonas rurales de ese estado, escribía sobre personas que trabajaban mucho y sufrían y a las que también les pasaban cosas buenas. Entonces me di cuenta de que ni siquiera en sus libros contaba *exactamente* la verdad, que siempre evitaba algo. ¡Pero si apenas era capaz de decir cómo se llamaba! Y eso también creí entenderlo.

En el hospital, a la mañana siguiente –hace ya tantos años...–, le dije a mi madre que me tenía preocupada que no durmiera, y ella dijo que no debía preocuparme por que no durmiera, que llevaba toda la vida aprendiendo a dar unas cabezadas. Y una vez más empezó el leve torrente de palabras, los sentimientos que parecían salir a presión de su interior cuando aquella mañana se puso de repente a hablar de su infancia, de que también durante toda su infancia se había echado sueñecitos. «Aprendes, cuando no te sientes segura», dijo. «Hasta sentada puedes dar unas cabezadas.»

Sé muy poco de la infancia de mi madre. En

cierto modo, creo que no es tan raro saber poco de la infancia de los padres. O sea, de una manera *específica*. Ahora hay mucho interés por los antepasados, me refiero a nombres, sitios, fotografías y registros civiles, pero ¿cómo descubrimos lo que fue el tejido cotidiano de una vida? Me refiero a cuándo llega el momento en que nos importa. Por el puritanismo de mis antepasados, no disfrutamos con la conversación, no como lo he visto en otras culturas, pero aquella mañana en el hospital mi madre parecía encantada de hablar de los veranos que había vivido en una granja: ya *había* hablado de eso antes. Por no sé qué razones, mi madre pasó la mayoría de los veranos de su infancia en la granja de su tía Celia, una mujer de la que únicamente recuerdo su palidez y su delgadez y a la que mi hermano, mi hermana y yo llamábamos «la tía Foca», o al menos yo siempre pensé que ésa era ella, la tía Foca, y era algo muy confuso, porque los niños piensan literalmente, y yo no tenía ni idea de por qué le habían puesto el nombre de un animal marino que yo nunca había visto. Estaba casada con el tío Roy, que era, que yo recuerde, un hombre muy simpático. Harriet, la prima de mi madre, era su única hija, y en mi juventud era su nombre el que salía a relucir de vez en cuando.

—Estaba pensando en una mañana... Debíamos de ser pequeñas, a lo mejor yo tenía cinco años, y Harriet, tres —dijo mi madre con su tono de voz bajo y atropellado—. Estaba pensando en que decidimos ayudar a la tía Celia a quitar las flores muertas de los lirios de día que crecían al lado del granero. Pero claro, Harriet era muy chiquitina, y pensó que los capullos grandes eran las partes muertas que había que quitar, y cuando la tía Celia salió, así se la encontró, arrancándolos.

—¿Se enfadó la tía Foca? —pregunté.

—No, que yo recuerde, pero yo sí —dijo mi madre—. Había intentado explicarle a Harriet qué era un capullo y qué no. Qué criatura más tonta.

—No sabía yo que Harriet fuera tonta. Nunca dijiste que fuera tonta.

—Bueno, a lo mejor no lo era. Probablemente no lo era, pero todo le daba miedo, le daban mucho miedo los relámpagos. Se escondía debajo de la cama y se ponía a llorar —dijo mi madre—. Yo no lo entendía. Y el miedo que tenía a las serpientes... Era estúpida, francamente.

—*Por favor*, mamá. No vuelvas a decir esa palabra. Por favor.

—¿Que no vuelva a decir qué palabra? ¿Serpientes?

—*Mamá*...

–Por Dios, si yo no... Vale, vale. –Hizo un gesto con la mano y se encogió ligeramente de hombros al volverse para mirar por la ventana–. Muchas veces me recordabas a Harriet –añadió–. Ese absurdo miedo que tenías, y esa capacidad tuya para sentir lástima del primero que se te ponía delante.

Sigo sin saber quién fue el primero que se me puso delante y por el que sentí lástima, ni cuándo se me puso delante.

–Pero sigue. Quiero oírte –dije.

Quería volver a oír su voz, su voz distinta, atropellada.

Entró Dolor de Muelas, la enfermera: me tomó la temperatura, pero sin mirar al infinito, como Galletita. Dolor de Muelas me miró detenidamente, después miró el termómetro y después me dijo que tenía la misma fiebre que el día anterior. Le preguntó a mi madre si quería algo, y mi madre negó con la cabeza muy de prisa. La enfermera se quedó unos momentos con su expresión acongojada y como sin saber qué hacer. Después, me tomó la tensión, que siempre estaba bien y también estaba bien aquella mañana.

–Bueno, pues ya está –dijo Dolor de Muelas, y mi madre y yo le dimos las gracias. Anotó unas cosas en mi historial y en la puerta se volvió para decir que el médico llegaría pronto.

—El médico parecía simpático –dijo mi madre, hablándole a la ventana–. Cuando vino anoche.

Dolor de Muelas me dirigió una rápida mirada al salir.

Pasados unos momentos, dije:

—Mamá, cuéntame algo más de Harriet.

—Bueno, ya sabes lo que le pasó a Harriet.

Mi madre volvió a la habitación, a mí.

—Pero siempre te cayó bien, ¿no? –dije.

—Sí, claro... ¿Qué tenía Harriet para no caerte bien? Tuvo *muy* mala suerte en su matrimonio. Se casó con un hombre de un par de pueblos más allá que conoció en un baile, un baile de esos de cuatro parejas en un granero, creo, y la gente se alegró por ella, porque ni siquiera en la flor de la juventud era gran cosa, ya me entiendes.

—¿Qué le pasaba? –pregunté.

—No le pasaba nada. Es que siempre estaba enfadada, incluso de muy joven, y con esos dientes de conejo... Y como fumaba, tenía mal aliento. Pero era un cielo, eso sí, nunca quería hacerle daño a nadie, y tuvo esos dos críos, Abel y Dottie...

—Ah, yo quería mucho a Abel cuando era pequeña –dije.

—Sí, Abel siempre fue una persona maravillosa. Es curioso cómo pasan esas cosas, que un árbol salga de la nada y crezca fuerte, y así era él. Pero el caso es que un día el marido de Harriet fue a comprarle cigarrillos y...

–No volvió –concluí.

–Pues yo *diría* que no volvió. Yo *diría* que sí, que no volvió. Cayó muerto en la calle, y Harriet tuvo que pelear mucho para que el estado no se llevara a los chicos. Pobre mujer. El marido no le dejó nada: seguro que no esperaba *morir* así. Por entonces vivían en Rockford, que está a más de una hora, y allí se quedó Harriet, no sé por qué. Pero nos mandaba a los niños unas semanas todos los veranos, cuando nos mudamos a la casa. Ah, qué tristes parecían esos niños... Yo siempre procuraba hacerle a Dottie un vestido nuevo para cuando volviera a casa.

Abel Blaine. Recuerdo que los pantalones le quedaban demasiado cortos, por encima de los tobillos, y los niños se reían de él cuando íbamos al pueblo, pero él sonreía como si no le importara nada. Tenía los dientes mal, torcidos, pero por lo demás era guapo; quizá él supiera que era guapo. Creo de verdad que tenía buen corazón. Fue él quien me enseñó a buscar comida en los contenedores detrás de la pastelería de Chatwin. Lo impresionante era cómo se plantaba en el contenedor y apartaba las cajas bruscamente, sin ningún disimulo, hasta encontrar lo que buscaba: los pasteles, panecillos y hojaldres pasados de varios días. Ni Dottie ni mis hermanos venían nunca con nosotros; no sé dónde estarían. Después de unas cuantas visitas a Amgash, Abel no volvió: trabajaba de acomodador en un teatro del sitio donde vivía. Me envió una carta, con un folleto en el que se veía el vestíbulo del teatro. Recuerdo que era una maravilla, con muchas baldosas de distintos colores, con mucha decoración, precioso.

—Abel cayó de pie —me dijo mi madre.

—Cuéntamelo otra vez —dije.

—No le costó mucho casarse con la hija de la persona para la que trabajaba. Supongo que es la típica historia de la hija del jefe. Vive en Chicago, desde hace años —dijo mi madre—. Su mujer es muy creída y no quiere saber nada de la pobre Dottie, cuyo marido se largó con otra hace ya unos años. Era del Este, el marido de Dottie. Ya sabes.

—No.

—Bueno. —Mi madre suspiró—. Pues sí. Era de un sitio de por aquí de la costa Este. —Mi madre movió ligeramente la cabeza hacia la ventana como para indicar que de ahí era el marido de Dottie—. Aunque seguramente él era sólo un poquito mejor que ella. ¿Cómo puedes vivir sin *cielo*, Pispajo?

—Hay cielo. —Pero añadí—: Pero sé a qué te refieres.

—Pero ¿cómo puedes vivir sin cielo?

—En cambio, sí que hay gente —repliqué—. Venga, dime por qué.

—¿Que por qué qué?

—¿Por qué se marchó el marido de Dottie?

—¿Y cómo voy a saberlo yo? Bueno, supongo que sí lo sé. Conoció a una mujer en el hospital municipal cuando le quitaron la vesícula. ¡Oye, casi como tú!

—¿Como yo? ¿Tú crees que me voy a marchar con Galletita o con Niña Seria?

—Nunca se sabe qué te puede atraer de las personas —replicó mi madre—. Pero no creo que se marchara con una Dolor de Muelas. —Movió la cabeza hacia la puerta—. Aunque podría haberse ido con una niña; pero estoy segura de que no es una niña *seria*, ya me entiendes, o sea... —Mi madre se inclinó hacia delante para decir en un susurro—: Morena o como quieras llamar a la nuestra, india, vaya. —Volvió a recostarse—. Pero estoy segura de que es más joven que Dottie, y más guapa. Él le dejó la casa en la que vivían, y Dottie la ha transformado en una casa de huéspedes. Le va bien, según creo. Abel está en Chicago, y le va mejor que bien. Me alegro por la pobre Harriet, pero bueno, supongo que se preocuparía por Dottie. Válgame Dios, si Harriet se preocupaba por todo el mundo... Bueno, no creo que tenga de qué preocuparse ya. Se murió hace varios años. Así, sin más, una noche mientras dormía. No es una mala manera de morirse.

Estuve dormitando mientras escuchaba la voz de mi madre.

Pensé: Esto es todo lo que quiero.

Pero la verdad es que quería algo más. Quería que mi madre me preguntase por mi vida. Quería hablarle de la vida que llevaba entonces. Como una estúpida, porque fue una estupidez, le solté:

—Mamá, tengo dos relatos publicados. —Me dirigió una rápida mirada de desconcierto, como si yo hubiera dicho que me habían salido más dedos en los pies; después miró por la ventana, sin decir nada—. Son un par de tonterías en unas revistas muy pequeñas. —Siguió sin decir nada. Añadí—: Becka no duerme toda la noche. A lo mejor lo ha sacado de ti, y también empezará a dar cabezadas.

Mi madre siguió mirando por la ventana.

—Pero no quiero que no se sienta segura —continué—. ¿Tú por qué no te sentías segura, mamá?

Mi madre cerró los ojos, como si la simple pregunta la adormeciera, pero en ningún momento pensé que se hubiera quedado dormida.

Después de muchos momentos abrió los ojos, y le dije:

—Tengo un amigo, Jeremy. Vivía en Francia, y su familia era de la aristocracia.

Mi madre me miró, después miró por la ventana y tardó mucho tiempo en decir: «Eso dice él», y yo repliqué: «Sí, eso dice él», como disculpándome, como para hacerle comprender que no teníamos por qué hablar más de él, ni de mi vida.

Justo entonces apareció el médico en la puerta.

—Chicas... —dijo, con una inclinación de cabeza. Se acercó a mi madre y le estrechó la mano, como el día anterior—. ¿Cómo está hoy todo el mundo?

Corrió la cortina con un chasquido alrededor de mi cama y así me separó de mi madre. Le tenía cariño por muchas razones, y una de ellas era ésa, que hacía de sus visitas algo privado entre los dos. Oí moverse la silla de mi madre y comprendí que había salido de la habitación. El médico me sujetó una muñeca para tomarme el pulso y cuando me levantó delicadamente la bata del hospital, para examinar la cicatriz, como todos los días, observé sus manos, de dedos gruesos, encantadoras, la sencilla alianza de oro reluciente, al apretar con suavidad la zona alrededor de la cicatriz, y me miró a la cara para ver si me dolía. Me lo preguntaba alzando las cejas, y yo negaba con la cabeza. La herida estaba cicatrizando bien.

«Está cicatrizando bien», decía, y yo respondía: «Sí, ya lo sé». Y sonreíamos porque parecía que significaba algo, que la cicatriz no intentaba que yo siguiera enferma. La sonrisa era nuestra manera de reconocer *algo*, quiero decir. Siempre he recordado a aquel hombre, y durante muchos años doné dinero a aquel hospital por él. Y entonces pensaba, y sigo pensando, en la frase «la imposición de manos».

La furgoneta. A veces me viene a la cabeza con una claridad que me resulta asombrosa. Las ventanillas con chorretones de suciedad, el parabrisas ladeado, la mugre del salpicadero, el olor a diésel y manzanas podridas, y a perro. No sé el número de veces que me quedé encerrada en la furgoneta. No sé cuándo fue la primera vez, ni cuándo la última. Pero era muy pequeña, quizá no tuviera más de cinco años la última vez, porque si no, habría pasado todo el día en el colegio. Me metían allí porque mi hermano y mi hermana estaban en el colegio –eso es lo que pienso ahora–, y mis padres, trabajando. Otras veces me metían allí para castigarme. Recuerdo las galletas de soda con mantequilla de cacahuete, que no podía comerme del miedo que tenía. Recuerdo que aporreaba el cristal de las ventanillas, gritando. No pensaba que fuera a morirme, no creo que pensara nada: era simplemente el terror, el darme cuenta de que no iba a venir nadie y ver que el cielo se iba poniendo más oscuro y empezar a notar el frío. Siempre chillaba, sin parar. Lloraba hasta que casi no podía respirar. En esta ciudad de Nueva York veo niños que lloran de cansancio, que es auténtico, y a veces sólo por malhumor, que también es auténtico. Pero de vez en cuando veo a un niño llorando con la más profunda de las desesperaciones, y pienso que es uno de los sonidos más verdaderos que puede hacer un niño. En ese momento casi llego a oír dentro de mí el sonido de mi corazón al romperse, de la misma manera que al aire libre –cuando se daban las condiciones precisas– se oía crecer el maíz en los sembrados de mi juventud. He conocido a muchas personas, incluso del Medio Oeste, que aseguran que no se puede oír crecer el maíz, y se equivocan. No puedes oír mi corazón al romperse, y sé que eso es verdad, pero para mí son inseparables, el sonido del maíz al crecer y el sonido de mi corazón al romperse. He llegado a salir del vagón del metro en el que iba para no tener que oír a un niño llorando así.

Mi cabeza se iba a sitios muy extraños durante aquellos incidentes en la furgoneta. Creía ver a un hombre que venía hacia mí, creía ver un monstruo, en una ocasión creí ver a mi hermana. Después me tranquilizaba y decía en voz alta: «Vamos, cielo, no pasa nada. Va a venir una señora muy simpática. Y tú eres una buena chica, eres muy buena, y la señora es familia de mamá y querrá que te vayas a vivir con ella porque está sola y quiere vivir con una niña buena y simpática». Tenía esa fantasía, que para mí era muy real, me tranquilizaba. Soñaba con no tener frío, con tener sábanas limpias, toallas limpias, un váter que funcionara y una cocina soleada. Así me dejaba llevar hasta el cielo. Y entonces me entraba frío, y se ponía el sol, y empezaba otra vez el llanto, primero como un gimoteo, y después más fuerte. Y entonces aparecía mi padre, abría la puerta, y a veces me llevaba en brazos. «No tienes por qué llorar», decía a veces, y recuerdo la sensación de su mano cálida extendida contra mi nuca.

El médico, que llevaba su tristeza con tanta gracia, había venido a reconocerme la noche anterior.

—Tenía un paciente en otra planta —dijo—. Vamos a ver qué tal va.

Corrió la cortina de un tirón a mi alrededor, como siempre. En lugar de tomarme la temperatura con un termómetro, me puso una mano en la frente y después me tomó el pulso con los dedos en la muñeca.

—Pues ya está —dijo—. Que duerma bien.

Cerró mi mano, le dio un beso, la sostuvo en el aire mientras descorría la cortina y salió de la habitación. Quise a aquel hombre muchos años. Pero eso ya lo he dicho.

Aparte de Jeremy, el único amigo que tuve en el Village durante esa época de mi vida fue una sueca alta que se llamaba Molla. Me sacaba al menos diez años, pero también tenía hijos pequeños. Un día pasó por delante de nuestra puerta con sus hijos, camino del parque, y en seguida se puso a hablar conmigo de cosas realmente personales. Me contó que su madre no la había tratado bien, y que por eso cuando tuvo su primer hijo se puso muy triste, y su psiquiatra le dijo que sentía dolor por todo lo que no había recibido de su madre, etcétera. No es que no le creyera, pero no era su historia lo que me interesaba. Era su estilo, su manera de soltar con franqueza cosas de las que yo no sabía que hablara la gente. Y a ella no le interesaba yo de verdad, algo que a mí me resultaba liberador. Le caía bien, era amable conmigo, era mandona y me decía cómo tratar a mis hijas y cómo llevarlas al parque, y a mí me caía bien por eso. La mayoría de las veces Molla era como ver una película o algo extranjero, y ella lo era, desde luego. Siempre estaba haciendo referencias a películas, y yo no sabía de qué me hablaba. Debió de notarlo, y era muy educada, o a lo mejor no se creía que se me pusiera esa cara de póquer cuando hablaba de películas de Bergman o de programas de televisión de los sesenta, y también de música. Como ya he dicho, yo no sabía nada de la cultura popular. En aquella época apenas era consciente de que me pasara eso. Mi marido sí lo sabía e intentaba ayudarme si estaba al lado; a lo mejor decía: «Ah, bueno, es que mi mujer no vio muchas películas cuando era pequeña», o «Los padres de mi mujer eran muy estrictos y no la dejaban ver la televisión». Para no desvelar mi infancia de pobreza, porque incluso los pobres tenían televisión. ¿Quién lo hubiera creído?

–Mami –dije en voz baja la noche siguiente.

–Dime.

–¿Por qué has venido?

Hubo una pausa, como si mi madre estuviera cambiando de postura en la silla, pero yo tenía la cabeza vuelta hacia la ventana.

–Porque llamó tu marido y me pidió que viniera. Creo que necesitaba que alguien te hiciera de niñera.

El silencio duró largo rato, quizá diez minutos, quizá casi una hora, no lo sé, francamente, pero al fin dije:

–De todos modos, gracias.

Y ella no replicó.

Me desperté en mitad de la noche de una pesadilla que no pude recordar. Oí la voz de mi madre, muy baja:

–Duerme, Pispajo. Si no puedes dormir, descansa. Por favor, cariño, descansa.

–Tú no duermes nunca –repliqué, intentando incorporarme–. ¿Cómo eres capaz de pasar una noche tras otra sin dormir? ¡Son ya dos noches, mamá!

–No te preocupes por mí –dijo. Y añadió–: Me gusta tu médico. Está muy pendiente de ti. Los residentes no saben nada: ¿qué van a saber? Pero él es bueno, y procurará que te pongas mejor.

–A mí también me gusta –dije–. Le quiero.

Momentos más tarde, mi madre dijo:

–Cuánto siento que tuviéramos tan poco dinero cuando erais pequeños. Sé que era humillante.

Noté que se me ponía la cara muy caliente en medio de la oscuridad.

–No creo que importara –dije.

–Claro que importaba.

–Pero ahora estamos todos bien.

–No estoy yo muy segura. –Lo dijo pensativamente–. Tu hermano es un hombre casi de mediana edad que duerme con los cerdos y lee libros para niños. Y Vicky... Todavía le dura el enfado. Los niños se burlaban de vosotros en el colegio. Tu padre y yo no lo sabíamos, y supongo que tendríamos que habernos enterado. Vicky está enfadada de verdad.

–¿Contigo?

–Yo creo que sí.

–Qué tontería –dije.

–No. Se supone que las madres protegen a sus hijos.

Dije, al cabo de un rato:

–Mamá, hay niños a los que sus madres los venden por drogas. Hay madres que se largan durante días y dejan a sus hijos sin más. Hay...

Me callé. Estaba cansada de algo que sonaba falso. Mi madre dijo:

–Tú eras una clase de niña diferente de Vicky. Y también de tu hermano. A ti no te importaba tanto lo que pensara la gente.

–¿Por qué dices eso? –pregunté.

–Pues... mira la vida que llevas ahora. Tú seguiste adelante y... lo *hiciste*.

–Ya entiendo. –Pero no lo entendía. ¿Cómo podemos entender algo de nosotros mismos?–. De pequeña, cuando iba al colegio –continué, tumbada de espaldas en la cama del hospital, con las luces de los edificios reflejadas en la ventana– te echaba de menos todo el día. No era capaz de hablar cuando me preguntaba algo un profesor, porque tenía un

77

nudo en la garganta. No sé cuánto duró aquello, pero te echaba tanto de menos que a veces me iba al servicio a llorar.

–Tu hermano devolvía.

Esperé un momento. Pasaron muchos momentos. Por último, mi madre añadió:

–En quinto grado, tu hermano devolvía todas las mañanas antes de ir al colegio. Nunca llegué a saber por qué.

–¿Qué libros para niños lee, mamá? –pregunté.

–Esos de la niña de la pradera, que son una colección. Le encantan. Y torpe no es.

Volví los ojos hacia la ventana. La luz del edificio Chrysler brillaba como el faro que era, el faro de las mayores y mejores esperanzas de la humanidad y sus aspiraciones y deseos de belleza. Eso era lo que quería decirle a mi madre del edificio que veíamos. Dije:

–A veces me acuerdo de la furgoneta.

–¿De la furgoneta? –Mi madre parecía sorprendida–. No sé de qué hablas. ¿Te refieres a la camioneta vieja de tu padre?

Yo quería decir... me moría de ganas de decir: ¿ni siquiera aquella vez que había una serpiente larga, larguísima y marrón, conmigo dentro? Quería preguntárselo, pero no soportaba pronunciar la pala-

bra, incluso ahora apenas soporto pronunciar la palabra, ni contarle a nadie el miedo que pasé cuando
vi que había estado encerrada en una furgoneta con
una... marrón y larga... y que se movía tan rápida...
Tan rápida.

Cuando estaba en sexto llegó un profesor del Este. Se llamaba señor Haley y era joven. Nos daba clase de ciencias sociales. Hay dos cosas que recuerdo de él: la primera, que un día tuve que ir al servicio, algo que detestaba porque todo el mundo se fijaba en mí. Me dio el pase, inclinando la cabeza una vez, sonriente. Cuando volví a la clase y me acerqué a él para devolverle el pase –era un trozo grande de madera que teníamos que llevar en el corredor para demostrar que teníamos permiso para salir del aula–, cuando le di el pase, vi a Carol Darr, una chica que caía bien a todos, hacer una cosa, un gesto con la mano o algo que, como sabía por experiencia, era para burlarse de mí, y lo hizo dirigiéndose a sus amigos para que ellos también pudieran burlarse de mí. Y recuerdo que al señor Haley se le puso la cara colorada, y dijo: Que nadie piense *jamás* que es mejor que nadie, no voy a consentir eso en mi clase, aquí no hay nadie mejor que nadie, acabo de observar una expresión en la cara de algunos de vosotros que indica que pensáis que sois mejores que otros, y no voy a consentir eso en mi clase, de ninguna manera.

Lancé una rápida mirada a Carol Darr. La recuerdo humillada, sintiéndose mal.

Me enamoré de aquel hombre silenciosa, inmediata, completamente. No tengo ni idea de dónde estará, no sé si seguirá vivo, pero todavía quiero a aquel hombre.

También recuerdo del señor Haley que nos enseñó cosas sobre los indios. Yo no sabía que les quitamos sus tierras con un engaño que provocó la rebelión de Halcón Negro. No sabía que los blancos les dieron whisky, que los blancos mataron a sus mujeres en sus propios maizales. Me parecía que quería a Halcón Negro igual que al señor Haley, que eran unos hombres maravillosos y valientes, y no podía creerme que se hubieran llevado a Halcón Negro a hacer un recorrido por varias ciudades después de capturarlo. Leí su autobiografía en cuanto pude. Y recordaba una de sus líneas: «Qué cómodo debe de ser el lenguaje de los blancos, cuando puede hacer que lo bueno parezca malo y lo malo, bueno». También me preocupaba que su autobiografía, que había sido transcrita por un intérprete, no fuera exacta, y me planteaba: ¿quién es realmente Halcón Negro? Y la impresión que me llevé de él fue la de un hombre fuerte y desconcertado, y cuando hablaba de «nuestro Gran Padre, el Presidente», usaba términos bonitos, y eso me ponía triste.

Lo que digo es que todo eso dejó una huella tremenda en mí, las indignidades a las que sometimos a esa gente. Y cuando volví un día a casa después de que nos hubieran enseñado que las mujeres indias plantaron de maíz un terreno y los blancos lo destruyeron, mi madre estaba delante de nuestra casa-garaje, de la que hacía poco que nos habíamos mudado, a lo mejor intentando arreglar algo, no lo recuerdo bien, pero estaba en cuclillas al lado de la puerta, y le dije:

—Mami, ¿sabes qué les hicimos a los indios?

Lo dije lentamente y con respeto.

Mi madre se atusó el pelo con el dorso de una mano.

—Me da igual lo que les hicimos a los indios —replicó.

* * *

El señor Haley se marchó a finales de año. Que yo recuerde, se iba al servicio militar, y eso sólo podría haber significado Vietnam, porque fue en esa época. He buscado su nombre en el Monumento Conmemorativo de los Veteranos de Washington, y no está allí. No he vuelto a saber nada de él, pero, que yo recuerde, Carol Darr se portó bien conmigo –en su clase– a partir de entonces. Quiero decir que nos caía bien a todos. Todos lo respetábamos. No es pequeña proeza para un hombre con una clase de niños de doce años, y él lo logró.

En el transcurso de los años he pensado en los libros que, según mi madre, leía mi hermano. Yo también los había leído; a mí no me habían llegado tan hondo. Como ya he dicho, mis simpatías estaban con Halcón Negro y no con los blancos que vivían en las praderas. Y al pensar en aquellos libros, me planteaba lo siguiente: ¿qué tenían para que le gustaran tanto a mi hermano? La familia de la colección era una familia buena. Atravesaban la pradera con penalidades, a veces tenían problemas, pero la madre siempre era amable y el padre los quería mucho.

Resulta que a mi hija Chrissie también le encantan esos libros.

* * *

Cuando Chrissie cumplió ocho años, le compré el libro de Tilly que tanto había significado para mí. A Chrissie le encantaba leer, y me puse muy contenta al verla desenvolver su regalo. Lo desenvolvió en una fiesta de cumpleaños que yo le preparé, en la que estaba su amiga, la del padre músico. Cuando el padre fue a recoger a su hija después de la fiesta, se quedó un rato hablando conmigo, y salió a relucir el nombre del pintor al que yo había conocido en la universidad. El pintor se había trasladado a Nueva York poco después que yo. Le dije que lo conocía. El músico replicó: «Tú eres más guapa que su mujer». No, contestó cuando se lo pregunté. El pintor no tenía hijos.

Unos días más tarde Chrissie me dijo, hablando del libro de Tilly: «Mamá, es un libro un poco tonto».

Pero los libros que le gustaban a mi hermano, los de la chica de la pradera, a Chrissie siguen gustándole.

El tercer día que pasó mi madre sentada al pie de mi cama le noté el cansancio en la cara. No quería que se marchara, pero ella parecía incapaz de aceptar el ofrecimiento de las enfermeras de llevarle una cama plegable, y me dio la sensación de que se iría pronto. Como me ha ocurrido en varias ocasiones, empecé a temer ese momento con antelación. Recuerdo que mi primer temor con antelación tuvo que ver con el dentista de mi infancia. Como no recibimos muchos cuidados dentales en nuestra juventud y como se nos consideraba genéticamente de «dientes flojos», era natural que toda visita al dentista estuviera rodeada de miedo. El dentista atendía gratuitamente de una manera muy poco generosa, por el tiempo y la actitud, como si nos odiara por ser quienes éramos, y en cuanto me enteraba de que tenía que ir a verlo no dejaba de preocuparme. No lo veía con frecuencia, pero no tardé mucho en darme cuenta de una cosa: que sufrir dos veces es una pérdida de tiempo. Lo digo solamente para demostrar cuántas cosas no puede hacer la mente, por mucho empeño que ponga.

Fue Niña Seria quien vino a por mí al día siguiente en plena noche, y dijo que habían llegado los análisis de sangre del laboratorio y que tenían que hacerme un TAC inmediatamente.

—Pero si estamos en plena noche —dijo mi madre.

Niña Seria replicó que tenía que irme. Y yo dije:

—Pues vamos. —Y en seguida aparecieron unos celadores que me pusieron en una camilla con ruedas, y yo me despedí de mi madre con la mano y me llevaron de un gran ascensor a otro. Estaba oscuro en los pasillos, y en los ascensores: todo parecía sombrío. Hasta entonces no había salido de mi habitación por la noche, no había visto que la noche es diferente al día incluso en un hospital. Tras un larguísimo recorrido y muchas vueltas, me empujaron hasta una habitación y me metieron un tubo pequeño en un brazo y otro tubo pequeño en la garganta. «Quédese quieta», me dijeron. No podía ni mover la cabeza.

Pasado un largo rato –pero no sé en tiempo ni en términos reales qué quiero decir con eso– me colocaron en el círculo del escáner, se oyeron varios chasquidos y después se paró. «Joder», dijo alguien detrás de mí. Seguí allí tumbada otro largo rato. «Se ha estropeado la máquina», dijo la misma voz, «pero como no hagamos el escáner, el médico nos mata». Seguí allí tendida mucho tiempo, y tenía mucho frío. Sabía que en los hospitales a veces hace frío. Estaba tiritando, pero nadie se daba cuenta: seguro que me habrían llevado una manta. Lo único que querían era que funcionara la máquina, y yo lo entendía.

Al fin me colocaron bien y se oyeron los chasquidos debidos y parpadearon las lucecitas rojas; me sacaron el tubo de la garganta y me llevaron al pasillo. Hay un recuerdo que no creo que se me borre jamás: mi madre estaba sentada en la sala de espera, a oscuras, en el profundo sótano de aquel hospital, con los hombros ligeramente caídos por el cansancio, pero al parecer con toda la paciencia del mundo.

–Mami –susurré, y ella movió los dedos–. ¿Cómo has podido encontrarme?

–Fácil no ha sido –contestó–. Pero tengo boca, y de algo me tenía que servir.

A la mañana siguiente Dolor de Muelas vino con la noticia de que las pruebas habían salido bien, que a pesar de lo que había aparecido en mi sangre, el TAC estaba bien, que ya me lo explicaría el médico más tarde. Dolor de Muelas también vino con una revista de cotilleos y le preguntó a mi madre si quería leerla. Mi madre negó con la cabeza bruscamente, como si le hubieran preguntado si podía sujetar las partes íntimas de alguien. «A mí sí me apetece», le dije a Dolor de Muelas, extendiendo el brazo. Me la dio, y yo le di las gracias. La revista se quedó toda la mañana encima de mi cama. Después la guardé en el cajón de la mesilla en la que estaba el teléfono, y lo hice —esconderla– por si entraba el médico. Así que yo era como mi madre: no quería que nos juzgaran por lo que leíamos, y mientras que ella ni siquiera hubiera leído una cosa así, yo simplemente no quería que me vieran con la revista. Es algo que me parece raro, al cabo de tantos años. Estaba en el hospital, y ella, prácticamente, también: ¿qué mejor momento para leer algo que te distrajera? Tenía unos cuantos libros de casa al lado de la cama, pero no los había leído con mi madre allí, y ella ni los había mirado. Y la revista, estoy segura de que no hubiera hecho mella en el corazón de mi médico. Pero así de sensibles éramos las dos, mi madre y yo. En este mundo es algo que te planteas constantemente: ¿cómo podemos tener la certeza de que no nos sentimos inferiores a otras personas?

No era más que una revista sobre estrellas de cine que veía con mis hijas cuando se hicieron un poco mayores para divertirnos cuando queríamos pasar el rato, y aquella revista en concreto publicaba muchas veces un artículo sobre una persona normal y corriente a la que le había ocurrido algo extraordinariamente espantoso. Cuando saqué la revista del cajón, por la tarde, vi un artículo sobre una mujer de Wisconsin a quien una noche, al entrar al establo buscando a su marido le cortaron un brazo. Un hombre que se había fugado de un manicomio estatal le cortó un brazo, literalmente se lo cortó de un hachazo. Su marido, que estaba atado a un poste al lado de la cuadra lo presenció todo. El marido gritó, y eso hizo gritar a los caballos, y supongo que la mujer debió de gritar como una loca —no decía que se hubiera desmayado—, y al ruido de los gritos el hombre escapado del manicomio huyó. La mujer, que fácilmente podría haberse desangrado porque le salía sangre de las arterias a borbotones, logró pedir ayuda, y acudió un vecino que le hizo un torniquete en el brazo, y ahora el marido, la mujer y el vecino se empeñan en empezar el día rezando juntos. Había una foto de los tres al sol de primeras horas de la mañana junto a la puerta del establo de Wisconsin, y estaban rezando. La mujer rezaba con el brazo y la mano que le quedaban: esperaban que le pusieran pronto una prótesis, pero estaba el asunto del dinero. Le dije a mi madre que me parecía de mal gusto fotografiar a la gente rezando, y ella replicó que toda la historia era de mal gusto.

—Pero es un marido con suerte —añadió momentos después—. Yo veo esos programas en los que un hombre a lo mejor ha tenido que ver cómo violaban a su mujer.

Dejé la revista. Miré a mi madre, sentada al pie de la cama, esa mujer a la que no había visto en años.

—¿En serio? —pregunté.

–¿En serio qué?

–Que un hombre vea cómo violan a su mujer. ¿Qué estabas viendo, mamá?

No añadí lo que estaba deseando preguntar: ¿cuándo comprasteis un televisor?

–Lo vi en la televisión. Acabo de decírtelo.

–Pero ¿en las noticias o en uno de esos programas de policías?

Observé –o me dio esa sensación– que mi madre reflexionaba, y dijo:

–En las noticias, una noche en casa de Vicky. Era en uno de esos países espantosos.

Cerró los ojos bruscamente.

Recogí la revista y pasé las hojas susurrantes. Dije:

–Mira... Esta mujer lleva un traje muy bonito. Mira qué traje tan bonito, mamá.

Pero ni respondió ni abrió los ojos.

Así nos encontró el médico aquel día. «Chicas...», dijo, y se detuvo al ver a mi madre con los ojos cerrados. Se quedó junto a la puerta, sin llegar a entrar; él y yo observamos unos momentos para ver si mi madre estaba realmente dormida o si abría los ojos. Aquellos momentos, con los dos vigilantes para ver qué pasaba, me hicieron recordar que en mi juventud, cuando íbamos a la ciudad, a veces deseaba con todas mis fuerzas correr hacia un desconocido y decirle:

«Por favor, tiene que ayudarme, por favor se lo pido, sáqueme de aquí, están pasando cosas muy malas...». Y sin embargo, nunca lo hice, por supuesto. Sabía instintivamente que ningún extraño me ayudaría, que ningún extraño se atrevería, y que al final semejante traición empeoraría aún más las cosas. Así que pasé de observar a mi madre a observar a mi médico, porque en realidad él era el desconocido al que yo esperaba, y al darse la vuelta debió de verme algo en la cara, y yo –fugazmente– creí ver algo en la suya. Levantó una mano para indicar que volvería y cuando salió, me dio la impresión de estar cayendo en algo oscuro y conocido de mucho tiempo atrás. Mi madre continuó con los ojos cerrados muchos minutos. Hoy en día sigo sin saber si estaba dormida o si sólo quería estar lejos de mí. Sentí unos terribles deseos de hablar con mis hijas, pero si mi madre estaba dormida no podía despertarla hablando por el teléfono de al lado de la cama y, además, mis niñas estarían en el colegio.

Pasé todo el día queriendo hablar con mis hijas. Cuando no pude aguantar más, salí al pasillo con el aparato del gotero y les pregunté a las enfermeras si podía llamar desde su mesa y éstas me acercaron un teléfono. Llamé a mi marido. Intenté con todas mis fuerzas que no se me cayeran las lágrimas. Mi marido estaba trabajando y se sintió mal por mí cuando le dije cuánto los echaba de menos, a él y a las niñas. «Voy a hablar con la canguro para que te llame en cuanto vuelvan a casa. Chrissie ha quedado para jugar.»

La vida sigue, pensé.

(Y ahora pienso: sigue hasta que deja de hacerlo.)

Tuve que sentarme en una silla detrás del mostrador de enfermería mientras intentaba contener las lágrimas. Dolor de Muelas me rodeó con un brazo, y todavía la quiero por eso. A veces me pone triste la frase que escribió Tennessee Williams para Blanche Dubois: «Siempre he confiado en la bondad de los desconocidos». A muchos nos ha salvado muchas veces la bondad de los desconocidos, pero es algo que con el tiempo parece manido, como los eslóganes de las pegatinas de los coches. Y eso es lo que me entristece, que una frase bonita y auténtica se use con tanta frecuencia que acabe por parecer tan superficial como el eslogan de una pegatina.

Me estaba secando la cara con un brazo desnudo cuando mi madre vino a buscarme, y todas –Dolor de Muelas, las demás enfermeras y yo– la saludamos con la mano.

—Creía que estabas echándote una siesta —dije mientras ella y yo volvíamos a mi habitación. Dijo que se había echado una siesta—. A lo mejor llama la canguro dentro de poco —dije, y le conté que Chrissie había quedado para jugar.

—¿Qué es eso de quedar para jugar? —preguntó mi madre.

Me alegré de que estuviéramos solas.

—Pues que va a ir a casa de alguien después del colegio.

—¿Con quién ha quedado para jugar? —preguntó mi madre, y me dio la impresión de que preguntarlo era su manera de ser amable después de lo que debía de haber visto en mi cara, la tristeza.

Mientras paseábamos por el pasillo del hospital le hablé de la amiga de Chrissie, le conté que la madre daba clase en quinto grado y que el padre era músico, pero también un capullo, o algo parecido, y que no eran felices en su matrimonio, pero que parecía que las niñas se llevaban muy bien. Mi madre no dejó de asentir con la cabeza. Cuando llegamos a mi habitación, estaba el médico. Tenía una expresión seria al correr la cortina de golpe y apretarme la cicatriz. Dijo bruscamente:

—Menudo susto anoche. En la sangre aparecía una inflamación, y necesitábamos el TAC. En cuanto le

baje la fiebre y retenga alimento sólido, la manda-
mos a casa.

Su voz era tan diferente que podría haberme dado
una bofetada con cada palabra.

–Sí, señor –le dije sin mirarlo.

Y es que he aprendido lo siguiente: que la gente
se cansa. La mente, o el alma o la palabra que tenga-
mos para lo que sea que no es sólo el cuerpo se cansa,
y he llegado a la conclusión de que –casi siempre, la
mayoría de las veces– es la naturaleza que nos ayuda.
Yo me estaba cansando. Creo, pero no lo sé, que el
médico también se estaba cansando.

Llamó la canguro. Era una chica muy joven, y me ase-
guró que las niñas estaban estupendamente. Le puso
el teléfono junto a la oreja a Becka, y dije: «Mamá
volverá a casa muy pronto», una y otra vez, y como
Becka no lloró, me alegré mucho. «¿Cuándo?», preguntó, y yo repetí que muy pronto y que la quería.

–¿Qué? –preguntó.

–Que te quiero y te echo mucho de menos, y que
estoy aquí, lejos de ti, para ponerme bien, y voy a ponerme bien y te veré muy pronto, ¿vale, cielo?

–Vale, mami –dijo.

En el Museo Metropolitano de Arte, que se yergue enorme y con muchos escalones en la Quinta Avenida de Nueva York, hay una sección en la primera planta que llaman el jardín de las esculturas, y yo debo de haber pasado muchas veces al lado de esa escultura concreta con mi marido, y con las niñas cuando se hicieron mayores, pensando sólo en comprar comida para mis hijas y sin saber realmente qué hacía una persona en un museo de esas características en el que hay tantas cosas que ver. En medio de esas preocupaciones y necesidades hay una estatua. Y hace poco –en los últimos años–, cuando la alcanzaba la luz cubriéndola de un tinte magnífico, me detuve a mirarla y dije: ¡Ah!

Es una estatua de mármol de un hombre con sus hijos al lado, y el hombre tiene una terrible expresión de desesperación, y los niños parecen aferrarse a sus pies, implorantes, mientras que él mira el mundo con ojos atormentados, tirándose de la boca con las manos, pero sus hijos sólo lo miran a él, y cuando al fin me di cuenta, dije para mis adentros: Ah.

Leí el letrero, que explicaba que los niños se ofrecen como comida a su padre, al que están matando de hambre en la cárcel, y que los niños solamente quieren una cosa: que desaparezca el sufrimiento de su padre. Dejarán que se los coma, contentos, muy contentos.

Y pensé: Ese hombre sí que sabía. Me refiero a la escultura. Sí que sabía.

Y también el poeta que escribió lo que muestra la escultura. Él también sabía.

Me acerqué al museo unas cuantas veces expresamente para ver a mi hombre-padre hambriento con sus hijos, uno de ellos aferrado a sus piernas, y cuando llegaba allí no sabía qué hacer. Era tal y como lo recordaba, y me sentía confundida. Más adelante caí en la cuenta de que conseguía lo que quería cuando lo veía como a escondidas, cuando tenía prisa por ir a ver a alguien en otro sitio, o si estaba en el museo con alguien y decía que tenía que ir al servicio, para escaparme y verlo a solas. Pero no a solas de la misma manera que cuando iba completamente sola a ver al hombre-padre asustado y muerto de hambre. Y siempre está allí, salvo una vez que no estaba. El guarda me dijo que estaba arriba, en una exposición especial, ¡y me sentí insultada por que otros tuvieran tantos deseos de verlo!

Ten piedad de nosotros.

Se me ocurrieron estas palabras más tarde, al pensar en mi reacción cuando el guarda me dijo que la estatua estaba arriba. Pensé: Ten piedad de nosotros. No quisiéramos ser tan insignificantes. Ten piedad de nosotros: se me pasa por la cabeza muchas veces. Ten piedad de todos nosotros.

–¿Quién *es* esta gente? –preguntó mi madre.

Yo estaba tumbada de espaldas mirando la ventana; era tarde, y las luces de la ciudad empezaban a encenderse. Le pregunté a mi madre que a quién ser refería. Me contestó:

–A estos imbéciles de la revista, que no podía ser más estúpida. No me sé el nombre de ninguno. Parece que a todos les gusta que les hagan una foto tomando café o yendo de compras o...

Dejé de prestarle atención. Era el sonido de la voz de mi madre lo que más deseaba; lo que dijera no importaba. Así que escuché el sonido de su voz; hasta los últimos tres días hacía mucho tiempo que no la escuchaba, y era distinta. Quizá lo distinto fuera mi recuerdo, porque el sonido de su voz antes me sacaba de quicio. Este sonido era lo contrario del anterior: daba una sensación de presión, de urgencia.

–Mira esto –dijo *mi* madre–. Mira esto, Pispajo. Madre mía.

Me incorporé.

Me acercó la revista de cotilleos.

–¿Tú has visto esto?

Me dio la revista.

–No –dije–. O sea, lo he visto, pero me da igual.

–Pero por Dios, a mí no me da igual. Su padre es amigo de tu padre desde hace muchísimo tiempo. Elgin Appleby. Mira, aquí lo dice. «Sus padres, Nora y Elgin Appleby.» Hay que ver lo gracioso que era ese hombre. Era capaz de hacer reír al mismísimo diablo.

–Pues el diablo es de risa fácil –repliqué, y mi madre me miró–. ¿Cómo lo conoció papá?

Mientras mi madre estuvo conmigo en el hospital fue la única ocasión en que recuerdo haberme enfadado con ella, y fue porque habló de mi padre como de pasada, después de no haber hablado para nada de él, salvo para mencionar su furgoneta. Dijo:

–Cuando eran jóvenes. A saber por qué, pero Elgin se trasladó a Maine y se puso a trabajar en una granja de allí, yo no sé por qué se mudó. Pero mírala, la niña,

Annie Appleby. Mírala, Pispajo. –Mi madre señaló la revista que me había dado–. Creo que parece... no sé. –Mi madre se reclinó en la silla–. ¿Qué parece?

–¿Simpática?

No creía que pareciera simpática; algo parecía, pero yo no habría dicho que «simpática».

–No, simpática, no –dijo mi madre–. Algo. Parece algo.

Volví a mirar la fotografía. Estaba al lado de su nuevo novio, un actor de una serie de televisión que mi marido veía algunas noches.

–Parece como si hubiera visto cosas –dije al fin.

–Eso es –replicó mi madre, asintiendo con la cabeza–. Tienes razón, Pispajo. Eso mismo pensaba yo.

El artículo era largo, y hablaba más de Annie Appleby que del tío con el que estaba. Decía que se había criado en una granja dedicada al cultivo de patatas en St. John Valley, en el condado de Aroostook, Maine, que no había acabado la secundaria, que había dejado de estudiar al meterse en una compañía de teatro y que echaba de menos su tierra. «Por supuesto que sí», declaraba Annie Appleby. «Todos los días echo de menos la belleza.» Al preguntarle si quería cambiar el escenario por el cine, contestó: «Para nada. Me encanta que el público esté allí mismo, aunque no pienso en él cuando estoy en el escenario: sencillamente sé lo que necesita, que es que yo haga bien mi trabajo, actuar para ellos».

Dejé la revista.

—Es guapa —dije.

—Yo no creo que sea guapa —replicó mi madre. Me dio la impresión de que pasaba un rato hasta que añadió—: Creo que es más que guapa. Es preciosa. Me pregunto qué sentirá al ser famosa.

Mi madre pareció reflexionar sobre el tema.

Quizá fuera porque desde que estaba allí era la primera vez que mencionaba a mi padre y no sólo su furgoneta, o quizá porque había calificado a la hija de otra persona de preciosa, pero repliqué con cierto sarcasmo:

—No sabía yo que te importara lo que se siente al ser famoso.

Inmediatamente experimenté una sensación terrible: era mi madre, que había conseguido llegar sola al sótano la noche anterior, recorrer sola todo el camino hasta el sótano de un hospital enorme y espantoso para comprobar que su hija estaba bien, así que dije:

—Pero yo sí que lo he pensado a veces, porque un día vi en Central Park a (nombré a una actriz famosa). Iba andando, y pensé: ¿Cómo será eso?

Lo dije para intentar ser amable con mi madre otra vez.

Mi madre asintió ligeramente con la cabeza, mirando hacia la ventana.

—No sé —dijo.

Minutos más tarde tenía los ojos cerrados.

Hasta mucho después no se me ocurrió que a lo mejor no conocía a la actriz que yo había mencionado. Mi hermano me dijo, muchos años más tarde, que mi madre nunca iba al cine, que él supiera. Mi hermano tampoco ha ido nunca al cine. Vicky, no sé.

Vi al pintor que había conocido en la universidad unos años después de haber salido del hospital, en la inauguración de la exposición de otro pintor. Mi matrimonio pasaba por un mal momento. Habían ocurrido cosas que me habían humillado: mi marido mantenía una relación muy estrecha con la mujer que había llevado a mis hijas al hospital y que no tenía hijos. Pedí que no volviera a nuestra casa, y mi marido accedió, pero estoy segura de que discutimos la noche que fuimos a la inauguración. Y recuerdo que no me cambié de jersey. Era morado, y llevaba falda, y en el último momento me puse el abrigo largo azul de mi marido. Mi marido debió de ponerse la chaqueta de cuero. Recuerdo que me sorprendió ver allí al pintor. Pareció ponerse nervioso al verme; clavó la mirada en mi jersey morado y en el abrigo azul marino (no me quedaban muy bien, y los colores no pegaban: no me di cuenta hasta que volví a casa, me miré en el espejo y vi lo que él había visto). No importaba. Mi matrimonio sí importaba. Pero ver al pintor esa noche importó lo suficiente para que al cabo de tantos años aún pueda visualizar el abrigo largo y azul y mi jersey morado chillón. Él seguía siendo la única persona que me hacía avergonzarme de mi ropa, y para mí era algo curioso.

Ya lo he dicho: me interesa cómo encontramos maneras de sentirnos superiores a otra persona, a otro grupo de personas. Pasa en todas partes, y todo el tiempo. Le pongamos el nombre que le pongamos, creo que es lo más rastrero que hay en nosotros, esa necesidad de encontrar a alguien a quien rebajar.

La escritora Sarah Payne, a la que había conocido por casualidad en la tienda de ropa, iba a hablar en una mesa redonda en la Biblioteca Pública de Nueva York. Lo leí en el periódico unos meses después de haberla visto. Me sorprendió: raramente aparecía en público, y yo suponía que debía de ser muy reservada. Cuando lo comenté con alguien que por lo visto la conocía un tanto superficialmente, esa persona dijo: «No es que sea muy reservada, es que a Nueva York no le cae bien». Y me recordó al hombre que la consideraba buena escritora pero criticaba su tendencia a la compasión. Asistí a la mesa redonda para verla; William no vino conmigo, me dijo que prefería quedarse en casa con las niñas. Era verano, y no había tanta gente como pensaba que habría. El hombre que había dicho eso de ella –lo de la compasión– estaba sentado él solo en la última fila. El tema de debate era la idea de la ficción, qué es y esas cosas. Un personaje de uno de los libros de Sarah Payne se refería a un antiguo presidente de Estados Unidos como «un viejo senil cuya esposa gobernaba el país con sus cartas astrológicas». Al parecer Sarah Payne había recibido cartas amenazantes de personas que decían que les había gustado su libro hasta llegar a la parte en la que ese personaje hablaba de uno de nuestros presidentes en tales términos. El moderador parecía sorprendido.

–¿En serio?

Era bibliotecario de la biblioteca.

–En serio –contestó ella.

–¿Y contesta esas cartas?

El bibliotecario lo preguntó tocando la parte inferior del micrófono con los dedos, con cierta precisión. Sarah Payne dijo que no las contestaba. Dijo, con la cara no tan resplandeciente como el día que me la encontré en la tienda de ropa:

–Mi trabajo no consiste en enseñar a distinguir a los lectores una voz narrativa de la opinión particular del escritor.

Ya sólo por eso me alegré de haber ido. El bibliotecario parecía incapaz de comprenderlo.

«¿Qué quiere decir?», preguntaba una y otra vez, y la escritora se limitaba a repetir lo que ya había dicho. «¿En qué consiste su trabajo como escritora de ficción?», preguntó el bibliotecario, y ella dijo que su trabajo como escritora de ficción consistía en dar a conocer la condición humana, en contarnos quiénes somos, qué pensamos y qué hacemos.

Una mujer del público levantó la mano y preguntó:

–Pero ¿es eso lo que piensa usted del antiguo presidente?

Sarah Payne esperó unos momentos y dijo:

–Vamos a ver. Si esa mujer que es un personaje ficticio llama viejo y senil a ese hombre y dice que su mujer gobierna con sus cartas astrológicas, entonces yo diría... –asintió firmemente con la cabeza y esperó unos segundos–, yo, es decir, Sarah Payne, ciudadana de este país, diría que la mujer que *yo inventé* es demasiado blanda con él.

El público neoyorquino puede ser difícil, pero comprendió lo que quería decir, y hubo asentimientos de cabeza y la gente se dijo cosas al oído. Miré hacia atrás, al hombre de la última fila, que no mostraba ninguna emoción. Al final le oí decir a una mujer que se había acercado a hablar con él: «Se le da bien ser el centro de atención». No lo dijo con amabilidad, o esa sensación me dio. Fui a casa en el metro, yo sola; no era una noche en la que me gustara la ciudad en la que llevo tanto tiempo viviendo. Pero no habría sabido decir exactamente por qué. Casi habría sabido decir por qué, pero no exactamente.

Y esa noche empecé a escribir esta historia. Partes de la historia.

Empecé a intentarlo.

La noche del hospital en que pensé que había sido grosera con mi madre al decirle que no sabía que jamás le hubiera preocupado qué se sentía al ser famoso, no pude dormirme. Estaba inquieta; tenía ganas de llorar. Cuando mis niñas lloraban yo me derrumbaba, les daba besos y procuraba enterarme de qué pasaba. A lo mejor exageraba. Y cuando discutía con William, a veces lloraba, y comprendí desde el principio que no era de los que detestan ver llorar a una mujer, algo que les pasa a muchos hombres, sino que se rompía la frialdad que pudiera sentir y casi siempre me abrazaba si lloraba mucho y decía: «Vamos, Botoncito, ya lo solucionaremos».

Pero con mi madre no me atrevía a llorar. Mis padres detestaban el acto de llorar, y a una niña que está llorando le resulta difícil tener que parar, sabiendo que si no para las cosas irán a peor. No es una situación fácil para un niño. Y mi madre –aquella noche en la habitación del hospital– era la madre que había tenido toda mi vida, por distinta que pareciera con aquel tono de voz bajo e imperioso y la cara más dulce. Lo que quiero decir es que procuré no llorar. En medio de la oscuridad noté que mi madre estaba despierta.

Y después noté que me apretaba un pie por encima de la sábana.

–Mamá –dije, incorporándome bruscamente–. ¡Mamá, no te vayas, por favor!

–No voy a ninguna parte, Pispajo –dijo–. Estoy aquí. Te pondrás bien. Tendrás que enfrentarte a muchas cosas en la vida, pero es lo que le pasa a la gente. He visto algunas en tu caso, o sea, he tenido algunas visiones, pero contigo...

Me froté los ojos con fuerza –*no llores, gilipollas*– y me di tal pellizco en una pierna que casi no podía creerme lo que me dolió. Pero se pasó. Me puse de costado.

–¿Conmigo qué? –pregunté.

Logré decirlo con tranquilidad.

–Contigo nunca estoy segura de lo exactas que son estas cosas. Antes sí que solían ser exactas contigo.

–Como cuando supiste que había tenido a Chrissie –dije.

–Sí, pero no...

–No sabías su nombre. –Hablamos de eso las dos, y en la oscuridad tuve la sensación de que también sonreímos juntas. Mi madre dijo:

–Duerme, Pispajo. Necesitas dormir. Y si no puedes dormirte, por lo menos descansa.

Por la mañana vino el médico y cerró la cortina de golpe a mi alrededor, y al verme el moratón en el muslo, en lugar de tocarlo se quedó mirándolo y después me miró a mí. Enarcó las cejas, y me di cuenta con horror de que se me estaban saltando las lágrimas. Asintió bondadosamente, pero eso fue sólo un momento. Me puso la mano en la frente, como para comprobar si tenía fiebre, y la dejó allí mientras a mí se me seguían cayendo las lágrimas. Movió el pulgar una vez, como para apartar una lágrima. Dios mío, qué amable fue. Era un hombre amable de verdad. Le dediqué una pequeñísima sonrisa para darle las gracias, una sonrisa-mueca pequeñísima para decirle que lo sentía.

Asintió y dijo:

—Va a ver a esas niñas muy pronto. La llevaremos a casa con su marido. No va a morirse mientras esté a mi cuidado, se lo prometo.

Y después cerró la mano, la besó y la extendió hacia mí.

Sarah Payne iba a dar un curso de una semana en Arizona, y me sorprendió que William se ofreciera a pagarme las clases. Fue unos meses después de haberla visto en la Biblioteca Pública de Nueva York. No tenía muy claro que quisiera separarme de las niñas tanto tiempo, pero William me animó. El curso se llamaba «taller», y no sé por qué, pero es una palabra que nunca me ha gustado, «taller». Fui porque lo daba Sarah Payne. Al verla en la clase le dirigí una sonrisa radiante, pensando que me recordaría de cuando nos encontramos en la tienda de ropa, pero ella me saludó con una inclinación de cabeza, y tardé unos momentos en darme cuenta de que no me había reconocido. Quizá sea cierto que siempre deseamos un mínimo reconocimiento de alguien famoso, que nos vea.

Nuestra clase estaba en un edificio antiguo al final de una cuesta, hacía buen tiempo y las ventanas estaban abiertas, y observé que Sarah Payne se agotaba casi inmediatamente. Se lo noté en la cara. Después de una hora daba la impresión de que su cara se había caído, como la arcilla blanca cuando no está lo bastante fría y pierde la forma: ésa es la imagen, que su cara se había desmoronado, adquiriendo una forma extraña por el cansancio, y al cabo de tres horas aún más, como si su cara de arcilla blanca casi temblara. Lo que quiero decir es que darnos clase la dejaba exhausta. Tenía la cara estragada por el cansancio. Cada día empezaba con cierta chispa de entusiasmo, pero en cuestión de minutos la invadía la fatiga. No creo haber visto, ni antes ni después, una cara que reflejara tan claramente el agotamiento.

En la clase había un hombre que había perdido recientemente a su esposa por el cáncer, y Sarah era amable con él. Yo me di cuenta, y creo que todos nos dimos cuenta. Nos dimos cuenta de que aquel hombre se enamoraba de una alumna de la clase que era amiga de Sarah. Estuvo bien. La amiga de Sarah no se enamoró de él, pero lo trató decentemente, aque-

lla mujer y Sarah trataron de una forma decente al
hombre que sufría por la muerte de su esposa. Había
otra mujer que daba clases de inglés. Había un canadiense de mejillas sonrosadas y carácter muy agradable: los alumnos le gastaban bromas por ser tan
canadiense y él se lo tomaba bien. Había otra mujer,
de California, que era psicoanalista.

Y quiero contar lo que ocurrió un día, que es
que de repente entró un gato por la ventana, que
estaba abierta, y saltó a la gran mesa. Era un gato
enorme, y alargado; lo recuerdo casi como un tigre
pequeño. Yo di un salto, terriblemente asustada, y
también Sarah Payne: pegó un salto tremendo de
lo asustada que estaba. Y entonces el gato salió corriendo por la puerta de la clase. La psicoanalista
de California, que normalmente hablaba muy poco,
aquel día le dijo a Sarah Payne, en un tono casi des-
pectivo, a mi entender: «¿Desde cuándo padece estrés postraumático?».

Y lo que recuerdo es la expresión que puso Sarah.
Empezó a odiar a esa mujer por lo que había dicho.
La odiaba. El silencio se prolongó lo suficiente para
que la gente lo viera en la cara de Sarah, o eso es lo
que pienso yo. Después, el hombre que había perdido a su esposa dijo: «Pues sí que era grande el
gato».

A partir de entonces Sarah habló mucho en la clase de juzgar a la gente, y de enfrentarse al papel sin juzgar.

En el taller nos habían prometido una reunión individual, y estoy segura de que Sarah estaba muy cansada de estas reuniones. Mucha gente va a esos talleres porque quieren que los descubran y los publiquen. Yo me había llevado varios capítulos de la novela que estaba escribiendo, pero en la reunión con Sarah saqué unos apuntes de escenas de la visita de mi madre al hospital, cosas que había empezado a escribir después de haber visto a Sarah en la biblioteca: le había dejado una copia en su buzón el día anterior. Lo que mejor recuerdo es que me habló como si la conociera desde hacía tiempo, a pesar de que no mencionó que nos hubiéramos visto en la tienda de ropa.

—Siento estar tan cansada —dijo—. Si estoy casi mareada... —Se inclinó hacia delante y me rozó ligeramente la rodilla; después se echó hacia atrás—. Con la última persona pensé que iba a vomitar, francamente —dijo en voz baja—. Era para vomitar. Es que yo no sirvo para esto. —Añadió—: Mira, escúchame, y escúchame con atención. Lo que estás escribiendo, lo que quieres escribir —volvió a inclinarse hacia delante y dio unos golpecitos con un dedo en las hojas que le había dado— es muy bueno y te lo publicarán. Pero escúchame bien. La gente se te echará encima por unir pobreza y maltrato. Una palabra *tan* absurda, una palabra tan convencional y absurda como maltrato, pero la gente dirá que puede haber pobreza sin maltrato, y tú no dirás nada. Nunca defiendas tu trabajo, nunca. Ésta es una historia de amor, tú lo sabes. Es la historia de un hombre atormentado todos los días de su vida por cosas que hizo en la guerra. Es la historia de una esposa que se quedó a su lado, porque eso es lo que hacían la mayoría de las esposas de esa generación, y cuando va a la habitación del hospital a ver a su hija habla compulsivamente de que el matrimonio de todo el mundo va mal, y ella ni siquiera lo sabe, ni siquiera sabe lo que está haciendo. Es la historia de una madre que quiere a su hija. De una manera imperfecta, porque *todos* amamos de una manera imperfecta. Pero si mientras escribes esta novela te das cuenta de que estás protegiendo a alguien, recuerda una cosa: que no lo estás haciendo bien.

Entonces se echó hacia atrás y apuntó títulos de libros que yo debía leer, sobre todo clásicos, y cuando se levantó y yo me levanté para marcharme, dijo de repente:

—Un momento. —Y me dio un abrazo; se llevó los dedos a los labios, hizo el ruido de un beso y yo pensé en el médico amable.

Dije:

—Siento que esa mujer preguntara en la clase lo del estrés postraumático. Yo también pegué un salto.

Sarah dijo:

—Ya lo sé, te vi. Y quien aproveche su profesión para ningunear a alguien de esa manera... bueno, esa persona es un asco.

Me guiñó un ojo, con su cara de agotamiento, y dio media vuelta.

No he vuelto a verla.

–Oye –dijo mi madre. Era el cuarto día que pasaba sentada al pie de mi cama–. ¿Te acuerdas de la chica esa, Marilyn...? ¿Cómo se llamaba? Marilyn Mathews... No sé cómo se llamaba. Marilyn no sé cuántos. ¿Te acuerdas de ella?

–Claro que me acuerdo –contesté.

–¿Cómo se llamaba? –preguntó mi madre.

–Marilyn no sé cuántos –contesté.

–Pues se casó con Charlie Macauley. ¿Te acuerdas de él? Seguro que sí. ¿No? Era de Carlisle y..., bueno, supongo que era más de la edad de tu hermano. No salían en el instituto, Marilyn y él, pero se casaron, fueron los dos a la universidad... en Wisconsin, creo, a Madison, y...

Dije:

–Charlie Macauley. Un momento, espera. Era alto. Ellos iban al instituto cuando yo todavía estaba en primero de secundaria. Marilyn iba a nuestra iglesia y ayudaba a su madre a servir la cena el día de Acción de Gracias.

–Ah, sí, es verdad. –Mi madre asintió con la cabeza–. Tienes razón. Marilyn era una persona muy simpática. Y ya te digo que era más de la edad de tu hermano.

De repente me vino un claro recuerdo de Marilyn sonriéndome, un día al pasar a mi lado en el vestíbulo vacío después del colegio, y fue una sonrisa agradable, como si sintiera pena de mí, pero me dio la impresión de que no quería que su sonrisa pareciera condescendiente. Por eso la he recordado siempre.

–¿Y *por qué* ibas a acordarte tú de ella? –me dijo mi madre–. Si era mucho mayor. ¿Por lo de las cenas de Acción de Gracias?

–¿Y por qué ibas a acordarte *tú* de ella? –le dije a mi madre–. ¿Qué le pasó? ¿Y por qué ibas tú a saberlo?

–Ah. –Mi madre soltó un gran suspiro y movió la cabeza–. El otro día entró una mujer en la biblioteca (ahora voy a la biblioteca de Hanston algunos días), y resulta que se parecía a ella, a Marilyn. Le dije: «Se parece usted a alguien que yo conocía, que era más o menos de la edad de mis hijos». La mujer no contestó, y eso es una cosa que... que me enfada mucho, ¿entiendes?

Sí lo entendía. Llevaba toda la vida con esa sensación, que la gente no quería aceptarnos, ser amigos nuestros–. Mira, mamá –dije con voz cansada–. Que se jodan.

–¿Que se *jodan*?

–Ya sabes qué quiero decir.

–Por lo visto has aprendido un montón viviendo en la gran ciudad.

Sonreí al techo. No conozco a ninguna persona en el mundo entero que hubiera podido creerse que esta conversación tenía lugar, pero es tan real como la que más.

–Pero mamá, si no he tenido que mudarme a la gran ciudad para aprender a decir «joder».

Se hizo el silencio, como si mi madre estuviera reflexionando. De repente dijo:

–No, seguramente sólo tenías que ir al establo de los Pederson y oír a los jornaleros que tenían.

–Los jornaleros decían mucho más que la palabra «joder» –le dije.

−Ya me lo figuro −replicó mi madre.

Y ahora es cuando −al contar esto− vuelvo a pensar: ¿Por qué no se lo pregunté entonces? ¿Por qué no le dije sencillamente: mamá, aprendí todas las palabras que me hacían falta en ese *puto* garaje que llamábamos casa? Supongo que no dije nada porque estaba haciendo lo que he hecho la mayor parte de mi vida, disimular los errores de los demás cuando no saben que se han puesto en evidencia. Creo que lo hago porque muchas veces podría ser yo. Todavía sé reconocer, vagamente, cuándo me he puesto en evidencia, y es algo que siempre me devuelve la sensación de la infancia, que faltaban enormes fragmentos de conocimiento del mundo que nunca podrán reemplazarse. Sin embargo, lo hago por los demás, como noto que los demás lo hacen por mí. Y por eso pienso que lo hice por mi madre aquel día. ¿Quién no se habría incorporado y habría dicho: es que no te acuerdas, mamá?

Se lo he preguntado a expertos. Personas amables, como el médico que era amable; personas no desagradables, como la mujer que le habló con tan mala intención a Sarah Payne cuando pegó un salto por el gato. Me han dado respuestas serias, y casi siempre las mismas: no sé qué recordaba tu madre. Me gustan esos expertos porque parecen decentes, y porque creo que ya sé distinguir una frase sincera. No saben qué recordaba mi madre.

Yo tampoco sé qué recordaba mi madre.

–Pero me hizo pensar en Marilyn –continuó mi madre con su voz susurrante–, así que esa misma semana pregunté al ver que tal y tal persona de la..., bueno, Pispajo, el sitio ése...

–La pastelería de Chatwin.

–Ese sitio –dijo mi madre–. Sí, la mujer que sigue trabajando allí... Lo sabe todo.

–Evelyn.

–Evelyn. Así que me senté a tomar un trozo de bizcocho y un café y le dije: «Pues creo que vi a Marilyn no sé cuántos el otro día», y Evelyn a mí siempre me ha caído bien...

–Yo la quería mucho. –No dije que la quería porque era buena con mi primo Abel, buena conmigo, y no decía nada cuando nos veía revolviendo en el contenedor. Y mi madre no me preguntó por qué la quería.

Mi madre continuó:

–Bueno, pues dejó de limpiar el mostrador y me dijo: «La pobre Marilyn se casó con Charlie Macauley, ése de Carlisle. Creo que todavía viven por aquí cerca, pero se casó con él cuando estaban en la universidad, y él era un chico listo. Y es que se llevan a todos los listos».

–¿Quién se los lleva? –pregunté.

–Pues este gobierno asqueroso que tenemos, claro –contestó mi madre.

No dije nada; me puse a mirar el techo. Mi experiencia de toda la vida es que las personas que más han recibido del gobierno –educación, comida, ayudas para el alquiler– son las más dadas a ponerle peros a la idea misma de gobierno. En cierto modo lo comprendo.

–¿Para qué se llevaron al marido listo de Marilyn? –pregunté.

–Pues lo hicieron oficial del ejército, claro. Durante los años esos de Vietnam. Y me figuro que tuvo que hacer cosas terribles, y por lo que me contó Evelyn, ya no ha vuelto a ser el mismo. Así que es muy triste que les pasara una cosa así al principio de su matrimonio. Muy triste, muy triste –dijo mi madre.

Esperé un buen rato, un buen rato esperé, tumbada con el corazón latiéndome muy fuerte, todavía recuerdo el aporrear, el traquetear de mi corazón, y pensé en lo que, para mis adentros, siempre había llamado la *Cosa*, la parte más terrorífica de mi infancia. Estaba muy asustada en aquella cama, tenía miedo de que mi madre lo mencionara al cabo de tantos años, después de no haberlo mencionado jamás, y al fin dije:

—Pero ¿qué hace... como consecuencia de esa experiencia? ¿Trata mal a Marilyn?

—No lo sé —contestó mi madre. De repente su voz parecía cansada—. No sé qué hace. A lo mejor en estos tiempos hay ayuda para eso. Al menos tiene nombre. No es como las primeras personas trauma..., como se diga, por una guerra.

En el recuerdo que guardo, fui yo quien apartó a todos nosotros lo más rápidamente posible, lo más rápido posible, del camino que iba a tomar mi madre sin saberlo o sabiéndolo.

—Me horroriza la idea de que alguien trate mal a Marilyn —dije, y añadí que el médico todavía no había venido a verme.

—Es sábado —replicó mi madre.

—Pero vendrá de todos modos. Siempre viene.

—No trabajará los sábados —dijo mi madre—. Ayer te dijo que pasaras un buen fin de semana. A mí eso no me da la impresión de que trabaje los sábados.

Entonces empecé a asustarme. Me daba miedo que tuviera razón.

—Mamá, estoy tan cansada... —dije—. Muy cansada. Quiero ponerme mejor.

—Y te pondrás mejor —dijo—. Lo he visto claramente. Te pondrás mejor y tendrás algunos problemas en tu vida, pero lo importante es que te pondrás mejor.

—¿Estás segura?

—Estoy segura.

—¿Qué problemas?

—Problemas. —Mi madre guardó silencio un rato–. Como la mayoría de las personas, o como algunas. Problemas en el matrimonio. A tus hijas no les pasará nada.

—¿Cómo lo sabes?

—¿Que cómo lo sé? No sé cómo lo sé. Nunca he sabido cómo lo sé.

—Ya lo sé –dije.

—Descansa, Lucy.

Era todavía principios de junio, y los días eran muy largos. Al atardecer empezaron a aparecer las luces en la ventana que nos ofrecía la magnífica vista de la ciudad, y entonces oí la voz en mi puerta. «Chicas...», dijo el médico.

Ya llevábamos unos años viviendo en el West Village la primera vez que asistí al desfile del Orgullo Gay, y al vivir en el Village, el desfile era un gran acontecimiento. Es natural. Estaba lo de Stonewall, y después el terrible asunto del sida, y había muchas filas de gente en las calles que habían ido a apoyar y también a festejar y a llorar a los que habían muerto. Yo llevaba a Chrissie de la mano, y William a Becka en la cadera. Miramos a los hombres que pasaban con zapatos rojos de tacón alto y peluca, algunos con vestidos, y a continuación desfilaban las madres, y todas las cosas que se ven en Nueva York en tal ocasión.

William se volvió hacia mí y dijo: «Venga, Lucy, por Dios» al ver mi expresión; yo moví la cabeza y empecé a andar hacia casa. Él se vino conmigo. «No me acordaba, Botoncito.»

Era la única persona a la que se lo había contado.

Mi hermano debía de estar en primero de secundaria. Puede que él tuviera un año más, puede que tuviera un año menos, pero aún vivíamos en el garaje, o sea que yo debía de tener unos diez. Como mi madre cosía en casa, tenía varios pares de zapatos de tacón en un cesto, en un rincón del garaje. El cesto podría haber sido como un armario para otra mujer. También había sujetadores, fajas y un liguero. Creo que eran para las mujeres que querían algún arreglo y no iban con la ropa interior adecuada. Incluso cuando era normal que todas las mujeres llevaran esas cosas, mi madre no se molestaba en ponérselas, a menos que esperase a una clienta.

Vicky vino a buscarme ese día al patio del colegio gritando; no sé siquiera si era día de colegio ni por qué no estaba conmigo. Lo único que recuerdo son sus gritos y el montón de gente y las risas. Mi padre iba al volante de la furgoneta por la calle principal del pueblo chillándole a mi hermano, que iba andando por la calle con unos grandes zapatos de tacón de los del cesto, un sujetador por encima de la camiseta y una sarta de perlas falsas, y le caían las lágrimas a raudales. Mi padre iba conduciendo y gritándole que era un puto maricón y que todo el mundo debía saberlo. Yo no daba crédito a mis ojos; tomé de la mano a Vicky, aunque yo era más pequeña, y la llevé hasta casa. Mi madre estaba allí y dijo que habían encontrado a mi hermano con ropa suya, que era asqueroso y que mi padre le estaba dando una lección, y que Vicky dejara de hacer ruido, así que me llevé a Vicky a los sembrados hasta que oscureció. Nos daba más miedo la oscuridad que nuestra casa. No estoy segura de que sea un recuerdo verdadero, a no ser porque lo sé, o eso creo. O sea: es verdad. Se le puede preguntar a cualquiera que nos conociera.

Aquel día del desfile en el Village, creo –pero no estoy segura– que William y yo nos peleamos. Porque recuerdo que dijo: «Es que no lo entiendes, Botoncito, ¿no?». Se refería a que yo no entendía que pudiera ser amada, que fuera amable. Decía eso muchas veces cuando nos peleábamos. Era el único hombre que me llamaba Botoncito, pero no fue el último en decir: es que no lo entiendes, ¿no?

* * *

El día que nos dijo que nos enfrentáramos con el papel sin juzgar, Sarah Payne nos recordó que nunca sabíamos y nunca sabríamos cómo sería comprender plenamente a otra persona. Parece una idea sencilla, pero con los años veo con más claridad que tenía que decírnoslo. Pensamos, siempre pensamos: ¿qué hay en una persona que nos hace detestar a esa persona, que nos hace sentir superiores? He de decir que aquella noche –recuerdo más de lo que acabo de contar– mi padre se tumbó al lado de mi hermano en la oscuridad y lo abrazó como a un niño pequeño, lo acunó en su regazo, y yo no fui capaz de distinguir las lágrimas y los murmullos de uno de los del otro.

–Elvis –dijo mi madre.

Era de noche; la habitación estaba a oscuras, menos por las luces de la ciudad que se veían por la ventana.

–¿Elvis Presley?

–¿Conoces tú a otro Elvis? –replicó mi madre.

–No. Has dicho «Elvis». –Esperé–. Mamá, ¿por qué has dicho Elvis?

–Era famoso.

–Lo era. Era demasiado famoso y murió por eso.

–Murió por las drogas, Lucy.

–Pero sería por lo de la soledad, mamá. Por ser tan famoso. Tú piénsalo: no poder ir a ninguna parte.

Mi madre no dijo nada durante largo rato. Me dio la impresión de que estaba pensándolo de verdad. Dijo:

—A mí me gustaba lo que hacía al principio. Tu padre pensaba que era el demonio en persona, con la ropa absurda que llevaba al final, pero, Lucy, es que yo oía su voz y...

—Mamá, que yo he *oído* su voz. No sabía que supieras nada de Elvis. ¿Cuándo lo escuchabas, mamá?

Otra vez hubo un largo silencio, y de repente mi madre dijo:

—Pues... no era más que un chico de Tupelo. Un pobre chico de Tupelo, Mississippi, que quería a su madre. Atrae a la gentuza. Es a ésos a los que les gusta, a la gentuza. —Esperó unos momentos y dijo, por primera vez con la auténtica voz de mi infancia—: Tu padre tenía razón. No era más que gentuza.

Gentuza.

—Gentuza muerta —repliqué.

—Bueno, claro. Las drogas.

Al fin dije:

—Nosotros éramos gentuza. Ni más ni menos.

Con la voz de mi infancia, mi madre dijo:

—Eres una imbécil, Lucy Barton. No he atravesado todo el país en avión para que me digas que somos gentuza. Mis antepasados y los antepasados de tu padre fuimos de los primeros en este país, Lucy Barton. No he atravesado todo el país para que me vengas con que somos gentuza. Eran personas buenas y decentes. Desembarcaron en Provincetown, Massachusetts, y eran pescadores y colonos. Nosotros colonizamos este país, y los más valientes se mudaron al Medio Oeste, y eso es lo que somos, eso es lo que eres *tú*. Que no se te olvide nunca.

Tardé unos momentos en decir:

—No lo olvidaré. —Y añadí—: No, lo siento, mamá. De verdad.

Guardó silencio. Me dio la sensación de que sentía su rabia, y también tuve la sensación de que, por haber dicho eso a mi madre, yo me quedaría más tiempo en el hospital: o sea, lo sentía en mi cuerpo. Me dieron ganas de decir: vete a casa. ¡*Vete a casa* y explícale a la gente que no éramos gentuza, explícales que tus antepasados vinieron aquí y asesinaron a todos los indios, mamá! Vete a casa y cuéntaselo a todo el mundo.

A lo mejor no quería decirle eso. A lo mejor es lo que pienso ahora al escribir.

Un pobre chico de Tupelo que quería a su madre. Una pobre chica de Amgash que también quería a su madre.

He empleado la palabra «gentuza» igual que mi madre aquel día en el hospital al hablar de Elvis Presley. La pronuncié con una persona de la que me hice buena amiga poco después de salir del hospital –es la mejor amiga que he tenido en la vida–, y después de conocerla, después de que mi madre viniera a verme al hospital, me dijo que su madre y ella se peleaban y se pegaban, y yo le dije:

–Eso es de gentuza.

Y ella, mi amiga, replicó:

–Es que éramos gentuza.

En mi recuerdo, su voz tenía un tono defensivo e irritado; ¿por qué no? No le he contado cómo me sentía, no le he dicho que estuvo mal decirle aquello. Mi amiga es mayor que yo, sabe más que yo y quizá sepa –también la educaron en la iglesia congregacional– que nosotros no hablamos de eso. A lo mejor lo ha olvidado. Yo creo que no.

Y una cosa más:

Justo después de enterarme de que me habían admitido en la universidad, le enseñé a mi profesor de inglés del instituto una historia que había escrito. No me acuerdo de mucho, pero sí de que el profesor había trazado un círculo en la palabra «ordinario». La frase era algo así como «La mujer llevaba un vestido ordinario». No emplees esa palabra, dijo, no es bonita y, además, no es precisa. No sé si dijo exactamente eso, pero había rodeado la palabra con un círculo, y me dijo con amabilidad que no era bonita ni buena, y siempre lo he recordado.

–Oye, Pispajo –dijo mi madre.

Era por la mañana temprano. Había estado Galletita, que me había tomado la temperatura y me
había preguntado si quería un zumo. Dije que pro-
baría el zumo, y se marchó. A pesar del enfado, había
dormido, pero mi madre tenía aspecto de estar muy
cansada. Ya no parecía enfadada, sólo cansada, y más
como la persona que era desde que llegó a verme al
hospital.

–¿Recuerdas que te he hablado de Mary Mississippi?

–No. Sí. Espera. ¿Mary Mumford, con un montón de niñas?

–¡Ah, sí, tienes razón! Se casó con el Mumford ése. Sí, y tuvo un montón de niñas. Evelyn, la de la pastelería de Chatwin, hablaba mucho de ellas, eran familia. El marido de Evelyn era primo..., no me acuerdo. Pero Evelyn la llamaba Mary Mississippi. Era más pobre que las ratas. Me dio por pensar en ella después de que habláramos de Elvis. También era de Tupelo. Pero su padre se llevó la familia a Illinois, a Carlisle, y ella se crio allí. No sé por qué se mudarían a Illinois, pero su padre trabajaba en la gasolinera de allí. No tenía ni pizca de acento del sur, Mary. La pobre... Era una auténtica monada, la capitana de las animadoras, y se casó con el capitán del equipo de fútbol, el chico de los Mumford, que tenía dinero.

Mi madre tenía otra vez un tono de voz precipitado, agobiado.

–Mamá...

Me hizo un gesto con la mano.

–Pispajo, escucha si quieres una buena historia. *Escúchame.* Escribe *ésta.* Bueno, pues Evelyn me contó cuando estábamos hablando de...

–Marilyn no sé cuántos.

Lo dijimos las dos al mismo tiempo, y mi madre se calló y sonrió: ¡ah, cómo la quería, a mi madre!

—Bueno, escucha. El caso es que Mary Mississippi se casó con ese tío rico y tuvo..., qué sé yo, cinco o seis hijas, creo que eran todas niñas. Era buena persona, y vivían en una casa grande, donde su marido llevaba el negocio, no sé qué negocio sería... El marido viajaba mucho por negocios, y resulta que tuvo un lío con su secretaria durante trece años. La secretaria era una gorda muy gorda, y cuando Mary se enteró, le dio un ataque al corazón.

—¿Murió?

—No. Bueno, creo que no.

Mi madre se echó hacia atrás. Parecía agotada.

—Es muy triste, mamá.

—¡Pues claro que es triste!

Guardamos silencio un rato. De repente mi madre dijo:

—Me he acordado de ella solamente porque..., bueno, eso según su prima Evelyn, la de la pastelería de Chatwin, le encantaba Elvis, y había nacido en el mismo pueblo de mierda.

—Mamá...

—¿Qué, Lucy?

Se volvió y me miró bruscamente.

—Me alegro de que estés aquí —dije.

Mi madre asintió con la cabeza y miró por la ventana.

—He pensado en lo raro que debe de ser. Los dos, Elvis y Mary Mississippi, pasaron de ser muy pobres a ser muy ricos y, por lo visto, a ninguno de los dos le sirvió de nada.

—No, claro que no —repliqué.

He ido a sitios de esta ciudad a los que van los muy ricos. Uno es la consulta de una doctora. Van mujeres, y unos cuantos hombres, que se sientan en la sala y esperan a la doctora que hará que no parezcan ni viejos ni preocupados ni como sus madres. Hace unos años yo fui allí para no parecerme a mi madre. La doctora dijo que casi todos los que iban por primera vez decían que se parecían a su madre y que no les gustaba. Yo también había visto a mi padre en mi cara, y la doctora dijo que sí, que también podía ayudarme con eso. Normalmente era a la madre –o al padre– a quien la gente no quería parecerse, a veces a ninguno de los dos, dijo la doctora, pero en la mayoría de los casos, era a la madre. Me puso unas agujitas minúsculas en las arrugas de alrededor de la boca. Ahora está guapísima, dijo. Se parece a usted misma. Vuelva dentro de tres días, y veremos.

Tres días después había en la sala de espera una mujer tremendamente vieja y llevaba un aparato en la espalda, que estaba doblada casi por la mitad. Sonrió con una cara que le habían rejuvenecido muchos años. Pensé que era muy valiente. A mi lado había un chico joven, seguramente de secundaria, y su hermana mayor. Quizá estuvieran esperando a su madre; no sé a quién estarían esperando, pero tenían dinero. Llegas a tener olfato para eso, incluso si no hubieras ido nunca a la consulta de esa doctora. Observé al chico y a su hermana. Hablaban de llamar a un tal Pips, y la chica dijo: Sólo puedo llamar a números nacionales, con este teléfono no puedo llamar a internacionales. El chico fue de lo más amable y propuso enviar un email a Pips para que Pips los llamara por teléfono. Entonces observé que el chico estaba observando a la señora viejísima: la observaba con interés, pero como estaba tan encorvada, para él, naturalmente, ella pertenecía a otra especie. Así de vieja debía de parecerle, yo me di cuenta, pensé que me daba cuenta. Sentí cariño por el chico y su hermana. Parecían sanos, guapos y buenos chicos. Y la señora muy vieja empezó a salir, lentamente. Llevaba una cinta de un rosa vivo atada al bastón.

El chico se levantó bruscamente y le abrió la puerta.

Esto sí que es una ciudad. Pero ya lo había dicho.

Aquella noche en el hospital, la última noche que pasaría mi madre conmigo –ya llevaba allí cinco días–, pensé en mi hermano. Recordé un día que me encontré con un grupo de chicos en el campo de al lado del colegio; yo debía de tener unos seis años, y vi que había pelea, que un grupo de chicos estaban pegando a un niño. El niño al que estaban pegando era mi hermano. Tenía una expresión como de estar paralizado de miedo, y la verdad es que no parecía moverse; estaba agachado mientras los chicos le pegaban. Sólo lo vi fugazmente, porque di media vuelta y eché a correr. También pensé –esa misma noche en el hospital– en que mi hermano no había tenido que ir a la guerra de Vietnam porque le tocó un buen número en el sorteo. Antes de saberlo, recuerdo a mis padres hablando por la noche, y oí decir a mi padre: El ejército lo matará, no podemos consentirlo, el ejército será terrible para él. Y fue poco después cuando nos enteramos de que mi hermano tenía un buen número. ¡Pero mi padre lo amaba! Lo comprendí aquella noche.

Y después me acordé de otra cosa: un Día del Trabajo mi padre me llevó con él, sola; no sé por qué fui yo sola con él, quiero decir que no sé dónde estaban mi hermano y mi hermana. Fuimos a Moline, a unos sesenta y cinco kilómetros. Quizá mi padre tuviera que solucionar algo de negocios allí, aunque cuesta trabajo imaginarse qué clase de negocios podía tener en ninguna parte, y mucho menos en Moline, pero recuerdo estar allí con él en la Fiesta de Halcón Negro y que vimos la danza de los indios. Las mujeres estaban de pie en un círculo alrededor de los hombres y sólo daban unos pasitos, mientras que los hombres bailaban con mucho ajetreo. Mi padre parecía profundamente interesado en el baile y las ceremonias. Vendían manzanas caramelizadas, y yo quería una a toda costa. Nunca había comido manzana caramelizada. Mi padre me la compró. Fue verdaderamente increíble que hiciera una cosa así. Y recuerdo que no pude comerme la manzana, que no podía hincar mis dientecitos en la corteza roja, y me sentí desolada. Entonces mi padre me la quitó y se la comió, pero se le arrugó la frente, y tuve la sensación de que se había preocupado por mi culpa. No recuerdo ver a los bailarines después; recuerdo ver sólo la cara de mi padre, tan por encima de mí, y que se le pusieron los labios rojizos con la manzana caramelizada que se comió porque no le quedó más remedio. En mi recuerdo lo quiero por eso, porque no me gritó ni me hizo sentir mal por no ser capaz de comerme la manzana, sino que me la quitó y se la comió él, aunque sin disfrutarla.

Y recordé otra cosa: que le interesaba lo que veía. Tenía *interés* por ello. ¿Qué pensaría de aquellos indios que bailaban?

Cuando las luces empezaron a encenderse en la ciudad, dije de repente:

–¿Mami, tú me quieres?

Mi madre movió la cabeza y miró las luces.

–Ya vale, Pispajo.

–Vamos, mamá, dímelo.

Me eché a reír, y ella también se echó a reír.

–Por lo que más quieras, Pispajo.

Me incorporé y me puse a batir palmas, como una niña.

–¡Mamá! ¿Me quieres, me quieres, me quieres?

Mi madre me hizo un gesto con la mano, todavía mirando por la ventana.

–Mira que eres tonta –dijo y movió la cabeza–. Pero mira que eres tonta.

Volví a tumbarme y cerré los ojos. Dije:

–Mamá, tengo los ojos cerrados.

–Ya está bien, Lucy.

Noté el regocijo en su voz.

–Venga, mamá. Que tengo los ojos cerrados.

Se hizo el silencio un rato. Yo estaba contenta.

–¿Mamá? –dije.

–Cuando cierres los ojos –dijo.

–¿Me quieres cuando tengo los ojos cerrados?

–Cuando tengas los ojos cerrados –dijo.

Y dejamos el juego, pero yo estaba tan contenta...

Sarah Payne dijo: Si hay algún punto débil en tu historia, plántale cara, agárralo fuerte y plántale cara antes de que el lector se dé realmente cuenta. Así es como tendrás autoridad, dijo, en una de esas clases en las que su cara se inundaba del cansancio de enseñar. Me da la impresión de que la gente quizá no entienda que mi madre no fuera capaz de pronunciar las palabras te quiero. Me da la impresión de que la gente quizá no lo entienda: no importaba.

Fue al día siguiente –lunes– cuando Galletita dijo que tenían que hacerme otra prueba de rayos X; iba a ser algo sencillo, dijo, y vendrían a buscarme en seguida. Al cabo de una hora yo ya estaba otra vez en la habitación. Mi madre me saludó moviendo los dedos, y yo también moví los dedos en cuanto me acosté.

–Ha sido pan comido– le dije. Y ella dijo:

–Eres una chica muy valiente, Pispajo.

Miró por la ventana, y yo también miré por la ventana.

Debimos de hablar más, estoy segura, pero el médico entró apresuradamente y dijo:

—A lo mejor tenemos que llevarla al quirófano. Podría tener una obstrucción, y lo que he visto no me gusta nada.

—*No puedo* —dije, incorporándome—. Si me operan me moriré. ¡Mire lo flaca que me he quedado!

Mi médico replicó:

—Aparte de los vómitos, está sana y es joven.

Mi madre se puso de pie.

—Ya va siendo hora de que me vaya a casa.

—¡Mami, no, no puedes hacerlo! —chillé.

—Sí, he estado aquí lo suficiente, ya es hora de que vaya a casa.

Mi médico no supo qué responder al comentario de mi madre. Solamente recuerdo su firme decisión de hacerme otra prueba para ver si necesitaba una operación. Y aunque seguí en el hospital casi cinco semanas más, nunca me preguntó por mi madre, ni si la echaba de menos, no dijo que debía de haber sido bonito tenerla allí, no dijo nada de ella. Así que nunca le conté a aquel médico tan amable que la echaba de menos terriblemente, que hubiera venido era..., bueno, no podría haber dicho qué era. Y no dije nada en absoluto.

Así que mi madre se marchó aquel día. Tenía miedo de no saber encontrar un taxi. Le pedí a una de las enfermeras que la ayudara, pero sabía que en cuanto llegara a la Primera Avenida, ninguna enfermera podría ayudarla. Dos celadores ya habían llevado la camilla con ruedas a mi habitación y bajaron la barra de la cama. Le expliqué a mi madre que tenía que levantar un brazo y decir «La Guardia» como si lo dijera a diario, pero me di cuenta de que estaba aterrorizada, y yo también estaba aterrorizada. No sé si me dio un beso de despedida, pero me cuesta creer que lo hiciera. No tengo ningún recuerdo de mi madre dándome un beso. Sin embargo, es posible que me diera un beso; podría equivocarme.

Ya he dicho que en la época sobre la que estoy escribiendo el sida era algo terrible. Sigue siendo terrible, pero la gente ya se ha acostumbrado. Acostumbrarse no sirve para nada. Pero cuando yo estaba en el hospital, la enfermedad era nueva y todavía no se sabía cómo mantenerla inactiva, así que en la puerta de una habitación de hospital en la que hubiera una persona con esa enfermedad había una pegatina amarilla; todavía las recuerdo: pegatinas amarillas con rayas negras. Cuando más adelante fui a Alemania con William, pensé en las pegatinas amarillas del hospital. No decían ACHTUNG!, pero eran así. Y pensé en las estrellas amarillas que los nazis obligaban a llevar a los judíos.

Mi madre se marchó con tal rapidez, y a mí me llevaron en la camilla con ruedas con tal rapidez, que cuando de repente me sacaron del gran ascensor y me aparcaron junto a una pared en el pasillo de otra planta, me sorprendió que me dejaran allí tanto tiempo. Pero lo que pasó fue lo siguiente: me dejaron en un sitio del pasillo desde el que veía la habitación de enfrente, con una de las terribles pegatinas amarillas en la puerta entreabierta, y en la cama vi a un hombre de ojos oscuros y pelo también oscuro, y me dio la impresión de que me miraba todo el rato. Me sentí fatal por que estuviera muriéndose, y sabía que morirse así era una muerte terrible. A mí me daba miedo morirme, pero no tenía esa enfermedad, y él tenía que saberlo (no habrían dejado a una paciente en mitad del pasillo como me habían dejado a mí si hubiera tenido esa enfermedad). Noté en la mirada de aquel hombre que me estaba pidiendo algo. Intenté mirar a otro lado, dejarle intimidad, pero cada vez que echaba una ojeada él seguía mirándome. Todavía pienso a veces en aquellos ojos oscuros en la cara del hombre acostado en la cama, mirándome fijamente con algo que en mi recuerdo creo que era desesperación, suplicando. Desde en-

tonces he estado con personas moribundas –es natural cuando te haces mayor–, y he llegado a reconocer los ojos que arden, la última luz del cuerpo que
se apaga. En cierto modo aquel hombre me ayudó
ese día. Sus ojos decían: no voy a apartar la mirada.
Y yo tenía miedo, de él, de la muerte, de que me hubiera abandonado mi madre. Pero los ojos de aquel
hombre no se apartaron de mí.

No me hicieron más operaciones. Mi médico dijo otra vez que sentía haberme asustado, pero yo me limité a negar con la cabeza para hacerle comprender que sabía que me quería a su manera de médico y que solamente intentaba mantenerme con vida. Todos los viernes decía lo que mi madre le había oído decir: «Que pase buen fin de semana, si puede». Y se presentaba todos los sábados y todos los domingos, diciendo que tenía que reconocer a otro paciente y que de paso se había acercado a reconocerme a mí también. Únicamente dejó de venir el Día del Padre. ¡Qué celos sentí de sus hijos! ¡El Día del Padre! No conozco a sus hijos, por supuesto. Me enteré de que su hijo también era médico, y más adelante –unos años después, cuando lo vi en su consulta y salió a relucir en la conversación que estaba preocupada por una de mis hijas, que no tenía muchos amigos– me dio un buen consejo: me dijo, refiriéndose a una de sus hijas, que había llegado a tener más amigos que sus demás hijos, y resulta que lo mismo le ha ocurrido a mi hija, por la que estaba preocupada. Cuando tuve problemas en mi matrimonio –se lo conté brevemente–, el amable médico se asustó por mí. Recuerdo haberlo notado, y también que no tenía ningún consejo que darme. Pero durante aquellas nueve semanas de primavera y verano, hace ya tanto tiempo –nueve semanas menos un día, el Día del Padre– aquel hombre, aquel encantador hombre-padre, fue a verme todos los días, algunos, dos veces. Cuando me marché, y llegaron las facturas, me cobró cinco visitas hospitalarias. También quiero contar eso.

Estaba preocupada por mi madre. No había llamado para decirme que había llegado bien a casa, y desde el teléfono de al lado de mi cama sólo podía hacer llamadas locales. O podía llamar a cobro revertido, lo que supondría que a quien contestara en la casa de mi infancia le preguntarían si aceptaba pagar los gastos: así funcionaba. Una operadora decía: «¿Acepta pagar los gastos de Lucy Barton?». Sólo una vez los había llamado así, cuando estaba embarazada de mi segunda hija y había tenido una especie de altercado con William, no recuerdo por qué. Pero echaba en falta a mi madre, echaba en falta a mi padre, de repente echaba en falta el árbol sombrío en el mai-

zal de mi juventud, echaba en falta todo eso tan profunda, tan terriblemente, que fui hasta una cabina
de teléfonos al lado de Washington Square empujando el cochecito de Chrissie para llamar a casa de
mis padres. Contestó mi madre, y la operadora dijo
que Lucy Barton llamaba desde Nueva York y que si
mi madre aceptaba los gastos. Y mi madre dijo: «No.
Dígale a esa chica que, ahora que tiene dinero, que lo
pague ella». Colgué antes de que la operadora tuviera
que repetírmelo. Así que aquella noche en el hospital no llamé a mis padres para ver si mi madre había
llegado a casa, pero los llamó William desde nuestra
casa del Village, porque yo se lo pedí. Y me dijo que
sí, que mi madre había vuelto sana y salva a su casa.

—¿Dijo algo más? —pregunté.

Me sentía terriblemente triste. Estaba triste de
verdad, como una niña triste, y los niños pueden
ponerse muy tristes.

—Vamos, Botoncito —dijo mi marido—. No, nada.

A la semana siguiente vino a verme mi amiga Molla. Se sentó a la derecha del cabecero de la cama, me pareció que muy cerca. Qué bien que haya estado tu madre, y yo dije que sí. Entonces me contó que odiaba terriblemente a su madre, y volvió a contarme toda la historia como si no me la hubiera contado ya, lo mucho que odiaba a su madre y que cuando nacieron sus hijos tuvo que ir a un psiquiatra porque estaba triste por todo lo que no le había dado su madre. Molla me contó todo esto aquel día, y al escribirlo ahora he pensado en algo que dijo Sarah Payne en la clase de escritura de Arizona: «Sólo tendréis una historia», dijo. «Escribiréis esa única historia de muchas maneras. No os preocupéis por la historia. Sólo tenéis una.»

Mientras Molla hablaba yo le sonreía: me alegraba mucho de verla. Por último, le pregunté por mis hijas: ¿parecían muy desconsoladas porque yo no estuviera allí? Dijo que pensaba que Chrissie parecía más capaz de comprenderlo; como era la mayor, era natural: la niña había tenido una larga conversación con Molla en el portal, y Molla la había escuchado cuando le contó que su mamá estaba mala pero que estaba mejorando.

—Le dijiste que estaba mejor, ¿no? —le pregunté, intentando incorporarme.

Y Molla dijo que sí. Quise a Molla por eso, por preocuparse de mi querida Chrissie. Le pregunté por Jeremy, que cómo estaba.

Y me dijo que no lo había visto, que debía de estar fuera. Le dije que mi marido me había dicho lo mismo.

Después Molla se puso a hablar de otras madres que conocía del parque: una iba a mudarse a las afueras; otra también se iba del centro.

Cuando se marchó, yo estaba agotada, pero me alegré de haberla visto. Le di las gracias por haber venido. Dijo: no es nada; se inclinó y me dio un beso en la cabeza.

Vino a verme mi marido. Debió de ser un fin de semana, no creo que fuera otro día. Parecía muy cansado y no dijo gran cosa. Era corpulento, pero se acostó a mi lado en la estrecha cama y se pasó la mano por el pelo rubio. Encendió el televisor que había en la pared enfrente de la cama. Él estaba pagando para que pudiera ver la televisión, pero como yo no tenía tele cuando era pequeña, creo que nunca he llegado a entenderla. Y en el hospital raramente la encendía, porque la asociaba con estar enfermo durante el día. Cuando me decían que fuera a pasear por los pasillos para hacer ejercicio, empujando el aparato con las bolsas de los medicamentos intravenosos, veía a la mayoría de los pacientes pegados al televisor y me ponía muy triste. Pero mi marido lo encendió y se tumbó en la cama, a mi lado. Yo quería hablar, pero él estaba cansado. Nos quedamos tumbados en silencio.

Mi médico pareció sorprenderse al verlo. A lo mejor no le sorprendió lo más mínimo, pero a mí me lo pareció. Y dijo que estaba muy bien que pudiéramos estar así juntos, y recuerdo haber sentido un latido o un pinchazo en la cabeza, no sé por qué. Nadie sabe por qué hasta después.

Sé que mi marido vino a verme más de un día, pero es aquel día el que recuerdo, y por eso lo escribo. No estoy contando la historia de mi matrimonio. No puedo contar esa historia: no puedo aferrar ni explicar los muchos picos y valles, las bolsas de aire fresco y de aire viciado por los que hemos pasado. Pero sí puedo decir una cosa: que mi madre tenía razón; hubo problemas en mi matrimonio. Y cuando mis hijas tenían diecinueve y veinte años, dejé a su padre, y los dos hemos vuelto a casarnos. Algunos días tengo la sensación de quererlo más que cuando estaba casada con él, pero eso es algo fácil de pensar: estamos libres el uno del otro, pero no lo estamos, nunca lo estaremos. Y otros días me viene una imagen tan clara de él sentado a la mesa de su estudio mientras las niñas jugaban en su habitación, que siento ganas de gritar: *¡Éramos una familia!* Pienso en los teléfonos móviles de ahora, en lo rápidamente que nos ponemos en contacto. Recuerdo que cuando las niñas eran pequeñas le decía a William: Ojalá hubiera algo que los dos pudiéramos llevar en la muñeca, un teléfono, por ejemplo, y hablarnos para saber dónde está el otro todo el tiempo.

Pero aquel día que vino a verme al hospital, en que apenas hablamos, pudo haber sido cuando se enteró de que su padre le había dejado una cantidad de dinero nada despreciable en una cuenta en Suiza. Su abuelo había sacado provecho de la guerra y había puesto una cantidad de dinero nada despreciable en un banco suizo, y al cumplir William treinta y cinco años, el dinero fue a parar de repente a él. Yo me enteré más adelante, cuando volví a casa, pero William debió de tener una sensación rara al pensar en lo que era ese dinero y en lo que significaba, y no era persona capaz de hablar fácilmente de sus sentimientos, así que se tumbó en la cama conmigo, una persona que –como dijimos en broma durante años, o quizá sólo yo bromeara– «había salido de la nada».

Cuando conocí a mi suegra me llevé una gran sorpresa. Su casa parecía enorme y bien amueblada, pero con los años me di cuenta de que no era así, que no era más que una casa bonita, una bonita casa de clase media. Como mi suegra había estado casada con un granjero de Maine y a mí las granjas de Maine me parecían más pequeñas que las del Medio Oeste que yo conocía, me la había imaginado como una típica esposa de jornalero, pero no era así en absoluto; era una mujer de aspecto agradable que no parecía mayor de lo que era (tenía cincuenta y cinco años) y que se movía por su preciosa casa con soltura, una mujer que se había casado con un ingeniero civil. El día que la conocí me dijo: «Lucy, vamos de compras, a ver si te compramos algo de ropa». Yo no me lo tomé a mal, no me lo tomé de ninguna manera; sólo me sorprendió un poco (en mi vida me habían dicho una cosa así). Me fui de compras con ella, y me compró ropa.

En nuestra pequeña recepción de boda le dijo a una amiga suya: «Ésta es Lucy». Y añadió, casi alegremente: «Lucy ha salido de la nada». No me lo tomé a mal, y la verdad, tampoco ahora, pero pienso: Nadie en este mundo sale de la nada.

* * *

Pero pasó una cosa: después de salir del hospital tuve un sueño recurrente, que los nazis iban a matarnos a mis niñas y a mí. Aún recuerdo el sueño, después de tantos años. Estaba con mis dos hijas en un sitio que parecía un vestuario; las niñas eran muy pequeñas. En el sueño yo sabía –lo sabíamos todos, pues había más gente en el vestuario– que los nazis vendrían a por nosotros y nos matarían. Al principio pensábamos que esa habitación era una cámara de gas, pero después comprendimos que los nazis irían a buscarnos y nos llevarían a otra habitación, que sería la cámara de gas. Yo les cantaba a mis niñas, y las abrazaba, y ellas no tenían miedo. Las había llevado a un rincón, lejos de los demás. Y la situación era la siguiente: yo aceptaba mi muerte, pero no quería que mis hijas tuvieran miedo. Me asustaba terriblemente que me las quitaran, que las adoptaran los alemanes, porque parecían y en realidad eran niñas arias. No soportaba la idea de que las maltrataran, y en el sueño flotaba la sensación –la certeza– de que las maltratarían. Era un sueño terrorífico. Nunca pasó de ahí. No sé durante cuánto tiempo tuve ese sueño, pero siguió mientras viví en Nueva York, con cierta holgura y con mis hijas creciendo sanas. Nunca le conté a mi marido que tenía este sueño.

Le escribí una carta a mi madre. Le decía que la quería y le daba las gracias por haber ido a verme al hospital. Le decía que jamás olvidaría lo que había hecho. Ella me contestó con una postal del edificio Chrysler de noche. No tengo ni idea de dónde encontraría esa postal en Amgash, Illinois, pero me la envió. Decía: *Yo tampoco lo olvidaré nunca.* Y firmaba: *M.* Dejé la postal en la mesilla de al lado de la cama, junto al teléfono, y la miraba muchas veces. La sujetaba un buen rato y miraba la letra de mi madre, que ya no me resultaba conocida. Todavía tengo la postal del edificio Chrysler de noche que me envió mi madre.

Cuando pude salir del hospital, los zapatos no me quedaban bien. No pensaba que perder peso significara perderlo por todas partes, pero así fue –naturalmente–, y los zapatos me quedaban grandes. Metí la postal en la bolsa de plástico que me dieron para guardar mis cosas. Mi marido y yo tomamos un taxi para volver a casa, y recuerdo que fuera del hospital el mundo parecía muy brillante –espantosamente brillante–, y que me asusté. Mis hijas querían dormir conmigo la primera noche que pasaba en casa, y William dijo que no, pero se acostaron en la cama conmigo, mis dos niñas. Dios mío, qué felicidad al ver a mis hijas, cuánto habían crecido. Becka tenía un corte de pelo horrible; se le había pegado chicle, y se lo cortó la amiga de la familia que no tenía hijos, la que había llevado a las mías al hospital.

Jeremy.

Yo no sabía que fuera gay. No sabía que estuviera enfermo. No, dijo mi marido, no parecía enfermo como muchos otros. Y se había ido –había muerto– mientras yo estaba fuera. Yo lloraba sin cesar, en silencio. Me sentaba en la escalera de la entrada, y Becka me daba palmaditas en la cabeza. Chrissie a veces se sentaba a mi lado y me rodeaba con sus bracitos, y después las dos volvían a subir y bajar alegremente las escaleras. Un día se acercó Molla y dijo: Dios mío, te has enterado de lo de Jeremy. Dijo que era algo terrible que les pasara a los hombres. Y a las mujeres, añadió. Se sentó a mi lado mientras yo lloraba.

He pensado tantas veces –*tantas veces*– en el hombre del hospital con la pegatina amarilla en la puerta el día que se marchó mi madre y a mí me dejaron aparcada en el pasillo al lado de su habitación... En cómo me miraba con la oscuridad de sus ojos ardientes, suplicando, y con desesperación. Sin dejarme desviar la mirada. Podría haber sido Jeremy. Lo he pensado muchas veces: voy a buscarlo, tiene que estar en el registro civil, el día que murió y dónde murió. Pero no lo he buscado.

Era verano cuando volví a casa. Me ponía vestidos sin mangas y no me daba cuenta de lo flaca que estaba, pero veía que la gente me miraba con miedo cuando iba por la calle a por comida para las niñas. Me ponía furiosa que me mirasen con miedo. No era muy distinto de cómo me miraban los niños en el autobús del colegio si creían que iba a sentarme a su lado.

Seguían pasando por la calle los hombres huesudos y demacrados.

Cuando era pequeña, mi familia iba a la iglesia congregacional. Allí estábamos tan marginados como en todos los demás sitios; ni siquiera el profesor de la escuela dominical nos hacía caso. Una vez llegué tarde a clase, y todas las sillas estaban ocupadas. El profesor dijo: «Pues siéntate en el suelo, Lucy». El día de Acción de Gracias íbamos al salón de actos de la iglesia y nos daban la cena de Acción de Gracias. Ese día la gente era más amable con nosotros. Allí estaba Marilyn, de la que había hablado mi madre en el hospital, a veces con su madre, y nos servía las judías verdes y la salsa de carne, y colocaba los panecillos en la mesa con las pastillitas de mantequilla envueltas en plástico. Creo que la gente incluso se sentaba a una mesa con nosotros; no recuerdo que se burlaran de nosotros en las cenas de Acción de Gracias. William y yo fuimos durante muchos años a albergues de Nueva York el día de Acción de Gracias a servir la comida que llevábamos de casa. Nunca tuve la sensación de estar devolviendo nada. Pero sí me daba la impresión de que el pavo o el jamón que llevábamos eran de repente muy pequeños en los albergues a los que íbamos, incluso si los comedores no eran enormes. En Nueva York no dábamos de comer a congregacionales. Eran, frecuentemente, gente de color, y a veces personas con enfermedades mentales, y un año William dijo: «No puedo seguir con esto». Yo le dije que de acuerdo y también lo dejé.

Pero ¡la gente que pasa frío! ¡Eso sí que no lo soporto! Leí un artículo en el periódico sobre una pareja de ancianos del Bronx que no podían pagar los recibos de la calefacción y se sentaban en la cocina con el horno encendido. Yo he dado dinero todos los años para que la gente no pase frío. También William da dinero. Pero contar que doy dinero para que la gente se caliente es algo que me hace sentir incómoda. Mi madre diría: Lucy Barton, no te des tanta importancia, imbécil...

El médico amable dijo que podría tardar bastante en recuperar mi peso normal, y recuerdo que tenía razón, aunque no recuerdo cuánto tardé. Iba a su consulta a revisión, al principio cada dos semanas, después, una vez al mes. Procuraba arreglarme; recuerdo que me probaba varios modelos y me miraba al espejo para ver lo que vería el médico. En su consulta había gente en la sala de espera, gente en la sala donde pasaba consulta, después en su despacho, una especie de cinta transportadora de material humano de muchas clases. Pensé en cuántos traseros habría visto, en lo diferentes que debían de ser todos. Siempre me sentía segura con él, notaba que se fijaba en mi peso y en todos los detalles de mi salud. Un día tuve que esperar para entrar en la consulta. Llevaba un vestido azul y mallas negras, y me apoyé contra la pared al lado de la puerta. El médico estaba hablando con una señora muy mayor, que iba vestida con pulcritud (eso teníamos en común: ir al médico con ropa cuidada y limpia). La señora dijo:

–Tengo flatulencias. Me da mucha vergüenza. ¿Qué puedo hacer?

El médico movió la cabeza comprensivo.

–Es un marrón –contestó.

Durante años mis hijas decían «es un marrón» cuando algo les parecía un lío: yo había contado la historia muchas veces.

No sé cuándo fue la última vez que vi a aquel médico. Fui a verlo varias veces después de mi ingreso en el hospital, durante años, y una vez, cuando llamé para pedir cita, me dijeron que se había jubilado, pero que podía verme su socio. Podría haberle escrito una carta para explicarle lo que él significaba para mí, pero en mi vida había problemas y no podía concentrarme bien. No volví a verlo. Se había ido, aquel hombre tan querido, aquel amigo del alma del hospital, hace ya tanto tiempo, había desaparecido. Ésta también es una historia de Nueva York.

Un día en que estaba en la clase de Sarah Payne, entró a verla una alumna de otro grupo. Fue al final de la clase, y la gente a veces se quedaba más tiempo para hablar con Sarah. Aquella alumna del otro grupo entró y dijo: «Me gusta su obra, de verdad», y Sarah le dio las gracias, se sentó a la mesa y se puso a recoger sus cosas. «Me gusta lo de Nuevo Hampshire», dijo la alumna, y Sarah le dedicó una breve sonrisa y asintió con la cabeza. La alumna añadió, dirigiéndose a la puerta, como si fuera a seguir a Sarah al salir de la habitación:

–Yo conocí a alguien de Nuevo Hampshire.

A mi modo de ver, Sarah parecía desconcertada.

−Ah, ¿sí? −dijo.

−Sí, Janie Templeton. ¿No conoce a Janie Templeton?

−No.

−Su padre era piloto, de las líneas aéreas, Pan Am o algo que había por entonces −dijo la alumna, que no era joven−. Y tuvo una depresión nerviosa, el padre de Janie. Le dio por masturbarse por toda la casa. Me lo contaron después, que Janie lo vio... a lo mejor cuando ella estaba en el instituto, no sé, pero a su padre le dio por andar por la casa masturbándose compulsivamente.

Me quedé helada en el calor de Arizona. Se me puso la carne de gallina por todo el cuerpo.

Sarah Payne se levantó.

−Espero que no pilotara muchos aviones. Bueno, pues... −Me vio y me saludó con la cabeza−. Hasta mañana −dijo.

Hasta entonces no me había enterado, ni me he enterado después, de que ocurriese esta *Cosa*, como la llamaba yo, como ocurría en nuestra casa.

Creo que fue al día siguiente cuando Sarah Payne nos habló de enfrentarnos al papel con un corazón tan abierto como el corazón de Dios.

Más adelante, después de que se publicara mi primer libro, fui a una doctora que es la mujer más educada que he conocido en mi vida. Escribí en un papel lo que había dicho la alumna sobre la persona de Nuevo Hampshire llamada Janie Templeton. Escribí cosas que habían pasado en la casa de mi infancia. Escribí cosas que había descubierto en mi matrimonio. Escribí cosas que no podía decir. La doctora lo leyó y dijo: Gracias, Lucy. Todo irá bien.

Vi a mi madre sólo una vez después de que fuera a verme al hospital. Fue casi nueve años después. ¿Por qué no fui yo a verla, a ver a mi padre y mi hermano y mi hermana? ¿A ver a los sobrinos y sobrinas que no había visto nunca? Por decirlo de una manera sencilla, creo que era más fácil no ir. Mi marido no habría venido conmigo, y no se lo reprocho. Y además –reconozco que esta frase va a la defensiva–, mis padres, mi hermano y mi hermana nunca me escribían, ni me llamaban, y cuando los llamaba yo siempre era muy desagradable: me parecía oír enfado en sus voces, el resentimiento de siempre, como si dijeran en silencio *tú no eres como nosotros*, como si los hubiera traicionado al dejarlos. Supongo que era así. Mis hijas estaban creciendo, continuamente necesitaban algo. Las dos o tres horas al día que dedicaba a escribir eran tremendamente importantes para mí. Y además, estaba preparando la publicación de mi primer libro.

Pero mi madre se puso enferma, y entonces me tocó a mí ir al hospital de Chicago a sentarme al pie de su cama. Quería darle lo que ella me había dado, el desvelo y la atención constantes de los días que había pasado conmigo.

Cuando salí del ascensor me recibió mi padre, y no lo habría reconocido de no haber sido por la gratitud que vi en los ojos de aquel desconocido por haber ido a ayudarlo. Parecía mucho más viejo de lo que yo pensaba que pudiera llegar a ser, y si aún había resentimiento en mí –o en él–, ya parecía algo ajeno a los dos. No quedaba ni rastro de la aversión que había sentido por él casi toda mi vida. Era un viejo en un hospital con una esposa a punto de morir. «Papi», dije, sin dejar de mirarlo. Llevaba una camisa con el cuello arrugado y vaqueros. Creo que al principio le daba demasiada vergüenza abrazarme, así que lo abracé yo, e imaginé el calor de su mano en mi nuca. Pero aquel día en el hospital no me puso la mano en la nuca, y algo dentro de mí –muy, muy dentro– oyó en un susurro *ha muerto*.

Mi madre tenía dolores; iba a morir. Era algo que me costaba creer. Mis hijas eran por entonces adolescentes y yo estaba especialmente preocupada por Chrissie, por si estaba fumando demasiada maría. Así que hablaba con ellas por teléfono frecuentemente, y la segunda noche que pasé a su lado, mi madre me dijo en voz baja:

–Lucy, quiero que hagas una cosa.

Me levanté y me acerqué a ella.

–Sí. Dime.

–Quiero que te marches.

Lo dijo sosegadamente, y no noté enfado en su voz. Noté decisión. Pero sentí verdadero pánico.

Quise decir: si me marcho, no volveré a verte. Las cosas no han ido bien entre nosotras, pero no me obligues a marcharme. ¡No soporto la idea de no volver a verte!

Dije:

–Vale, mamá, vale. ¿Mañana?

Me miró y se le llenaron los ojos de lágrimas. Se le torcieron los labios. Susurró:

–Ahora, por favor. Por favor, cariño.

–Mami...

Susurró:

–Por favor, Pispajo.

–Te echaré de menos –dije, pero estaba empezando a llorar y sabía que ella no lo soportaba. Y la oí decir:

–Claro que sí.

Me incliné y le di un beso en el pelo, que tenía apelmazado de estar enferma y en la cama. Me di la vuelta y recogí mis cosas, sin mirar atrás, pero cuando crucé la puerta no pude seguir andando. Retrocedí sin volverme. «¡Te quiero, mami!», grité. Estaba frente al pasillo, pero la cama de mi madre quedaba cerca de mí, y estoy segura de que me oyó. Esperé. No hubo respuesta, ni ningún ruido. Me digo una y otra vez que me oyó. Me digo, me he dicho lo mismo muchas veces.

Fui inmediatamente al mostrador de las enfermeras. Les dije, suplicante: Por favor, no dejen que sufra, y ellas me dijeron que no la dejarían sufrir. No me lo creí. Había una mujer moribunda en la habitación cuando a mí me operaron de apéndice, y aquella mujer sufría. Por favor, les rogué a aquellas enfermeras, y vi en sus ojos el profundo cansancio de quienes no pueden hacer nada más por nada.

Mi padre estaba en la sala de espera, y cuando vio mis lágrimas movió la cabeza enérgicamente. Me senté a su lado y le conté en susurros lo que había dicho mi madre, que quería que me marchara.

«¿Cuándo será el funeral?», pregunté. «Vamos, papá, dímelo, por favor. Volveré en seguida.»

Dijo que no habría funeral.

Lo entendí. Creí entenderlo.

«Pero vendría gente», dije. «Tenía esas clientas para las que cosía, y vendría gente.»

Mi padre negó con la cabeza. No habrá funeral, dijo.

Y no hubo funeral para ella.

Ni para él, al año siguiente, cuando murió de neumonía: no dejó que mi hermano lo llevara al médico. Yo fui a verlo pocos días antes de que muriera, y me quedé en la casa que no veía desde hacía tantos años. Me asustó la casa, sus olores y su pequeñez, y el hecho de que mi padre estuviera tan enfermo y mi madre muerta. ¡Muerta!

–Papi, lo siento mucho, papi –dije. Y repetí una y otra vez–: Papi, lo siento mucho, lo siento mucho, papi.

Y él me apretó la mano; tenía los ojos tan acuosos, la piel tan fina..., y dijo:

–Siempre has sido buena chica, Lucy. Qué buena chica has sido siempre.

Estoy segura de que eso fue lo que me dijo. Creo, pero no podría asegurarlo, que mi hermana salió entonces de la habitación. Mi padre murió aquella noche, o más bien la madrugada siguiente, a las tres de la mañana. Estaba yo sola con él, y cuando oí el silencio repentino me levanté, lo miré y dije:

—¡Basta ya, papi! ¡Papi, basta!

Cuando volví a Nueva York después de ver a mi padre —y a mi madre, el año anterior—, después de verlos por última vez, el mundo empezó a presentárseme de una manera distinta. Mi marido parecía un extraño, mis hijas, en plena adolescencia, parecían ajenas a una gran parte de mi mundo. Me sentía realmente perdida. No podía evitar sentir pánico, como si nosotros cinco, la familia Barton —aunque caótica— hubiera formado una estructura encima de mí que yo ni siquiera conocía hasta que se derrumbó. No dejaba de pensar en mi hermano y mi hermana y en su expresión de desconcierto cuando mi padre murió. No dejaba de pensar en que nosotros cinco habíamos tenido una familia verdaderamente malsana, pero también comprendía que nuestras raíces se habían entrelazado y retorcido con firmeza en nuestros corazones. Mi marido dijo: «Pero si ni siquiera te caían bien». Y después me sentí especialmente asustada.

Mi libro recibió buenas críticas, y de repente tuve que viajar. La gente decía: ¡Qué locura, tanto éxito de la noche a la mañana! Estuve en un programa matinal de noticias de difusión nacional. Mi publicista me dijo: Actúa como si fueras feliz. Eres lo que quieren ser esas mujeres que se están vistiendo para irse a trabajar, así que ve al programa y haz como si fueras feliz. Siempre me ha gustado esa publicista. Tenía autoridad. El programa era en Nueva York, y yo no tenía tanto miedo como la gente suponía que tendría. Esa historia del miedo es algo muy curioso. Estaba sentada en mi silla, con el micrófono enganchado a la solapa, y al mirar por la ventana vi un taxi amarillo y pensé: Estoy en Nueva York, me encanta Nueva York, estoy en casa. Pero cuando iba a otras ciudades, porque no me quedaba más remedio, me sentía aterrorizada casi constantemente. Una habitación de hotel es un sitio solitario. Dios mío, qué solitario es.

* * *

Esto era antes de que la gente se escribiera normalmente por correo electrónico. Y cuando salió mi libro, recibí muchas cartas de personas que me contaban lo que había significado el libro para ellas. Recibí una carta del pintor de mi juventud en la que me decía que le había gustado mucho el libro. Yo contestaba a todas las cartas que recibía, pero no contesté a la suya.

Cuando Chrissie fue a la universidad, y Becka al año siguiente, creí –y no es sólo una expresión: digo la verdad–, creí que me moría. Nada me había preparado para semejante cosa. Y he descubierto lo siguiente: que ciertas mujeres se sienten así, que les han arrancado el corazón del pecho, y otras mujeres se sienten liberadas cuando se marchan sus hijos. La doctora que hace que no me parezca a mi madre me preguntó qué había hecho cuando mis hijas se fueron a la universidad, y yo le contesté:

–Se acabó mi matrimonio. –Y en seguida añadí–: Pero no pasará lo mismo con el suyo.

–Puede que sí. Puede que sí –dijo la doctora.

Cuando dejé a William, no acepté el dinero que me ofreció, ni el dinero que era mío según las leyes. La verdad, no pensaba que me lo mereciera. Solamente quería que mis hijas tuvieran lo suficiente, e inmediatamente llegamos a un acuerdo sobre eso, que tendrían lo suficiente. También me sentía mal por la procedencia del dinero. No podía dejar de pensar en la palabra *nazi.* Y a mí el dinero no me preocupaba. También yo había ganado dinero. ¿Qué escritor gana dinero? Pero había ganado dinero y estaba ganando más, así que pensaba que no debía aceptar el de William. Pero cuando digo «a mí el dinero no me preocupaba» lo que quiero decir es que, al haberme criado como me crie, con tan poco –que pudiera considerar mío sólo lo que había en mi cabeza–, no necesitaba mucho. Otra persona que se hubiera criado en mis circunstancias habría querido más, y a mí no me importaba (digo que no me importaba); sin embargo, daba la casualidad de que había ganado dinero por la suerte que tuve escribiendo. Pienso en mi madre cuando dijo en el hospital que el dinero no había ayudado ni a Elvis ni a Mary Mississippi, pero sé que el dinero es importante, en un matrimonio, en una vida. El dinero es poder, y lo sé muy bien. Da igual lo que yo diga, o lo que digan los demás: el dinero es poder.

Ésta no es la historia de mi matrimonio; ya he dicho que no puedo escribir la historia de mi matrimonio, pero a veces pienso en lo que saben los primeros maridos. Me casé con William cuando yo tenía veinte años. Quería cocinar para él. Compré una revista con recetas sofisticadas y reuní los ingredientes. William pasó una noche por la cocina y miró lo que había cocinándose en la sartén y después volvió a pasar por la cocina. «Oye, Botoncito, ¿esto qué es?», preguntó. Le dije que era ajo. Le conté que la receta decía que había que saltear un diente de ajo en aceite de oliva.

Él me explicó con dulzura que aquello era una cabeza de ajos, que había que pelarla y sacar los dientes. Me imagino con toda claridad la enorme cabeza de ajos sin pelar en mitad de la sartén con el aceite de oliva.

Dejé de intentar cocinar cuando llegaron las niñas. Podía cocinar un pollo, hacerles verdura de vez en cuando, pero la verdad es que la comida nunca me ha atraído tanto como a tanta gente de esta ciudad. A la mujer de mi marido le encanta cocinar. Quiero decir, mi exmarido. A su mujer le encanta cocinar.

El marido que tengo ahora se crio a las afueras de Chi-cago. Vivía con mucha pobreza; a veces hacía tanto frío en su casa que se ponían los abrigos. Su madre salía y entraba continuamente de centros para enfermos mentales. «Estaba loca», dice mi marido. «No creo que nos quisiera a ninguno. No creo que pudiera.» Cuando estaba en cuarto curso tocaba el violonchelo de un amigo, y ha seguido tocando con brillantez. Mi marido lleva toda su vida de adulto tocando el chelo profesionalmente, y toca en la Filarmónica de aquí, de la ciudad. Tiene una risa estruendosa, tremenda.

Se conforma con cualquier cosa que yo prepare para comer.

Pero me gustaría decir una cosa más sobre William. Durante los primeros años de mi matrimonio me llevaba a ver partidos de los Yankees, en el viejo estadio, por supuesto. Me llevaba –y en un par de ocasiones también llevó a las niñas– a ver jugar a los Yankees, y a mí me sorprendía la soltura con que gastaba dinero en las entradas, me sorprendía que dijera que fuéramos a por perritos calientes y cerveza, y no debería haberme sorprendido: William era generoso con su dinero. Comprendo que mi sorpresa se debía a lo que pasó cuando mi padre me compró una manzana caramelizada. Pero yo veía los partidos de los Yankees con un respeto que todavía recuerdo. No sabía nada de béisbol. Los White Sox no significaban gran cosa para mí, aunque sentía una especie de lealtad hacia ellos, pero después de aquellos partidos de los Yankees, sólo me gustaban de verdad los Yankees.

¡El campo de béisbol! Recuerdo que me dejó asombrada, y también recuerdo ver a los jugadores en el *hit & run*, ver a los hombres que salían a limpiar el campo, y lo que más recuerdo es ver el sol poniente cayendo sobre los edificios cercanos, los edificios del Bronx: el sol caía sobre ellos, y después iban apareciendo diferentes luces, y era algo muy bello. Tenía la sensación de que me habían traído al mundo, eso es lo que quiero decir.

Muchos años más tarde, después de haber dejado a mi marido, paseaba hasta el East River por la calle Setenta y Dos, por donde se puede llegar justo hasta el río, y mirando el río pensaba en los partidos de béisbol a los que habíamos ido hacía tiempo y tenía una sensación de felicidad, una sensación que no tenía con otros recuerdos de mi matrimonio: lo que quiero decir es que los recuerdos felices me dolían. Pero los recuerdos de los partidos de los Yankees no eran así: hacían que se me llenase el corazón de amor por mi marido y por Nueva York, y sigo siendo hincha de los Yankees, aunque ya no volveré a ir a un partido, lo sé. Aquella era una vida distinta.

Pienso en Jeremy cuando me dijo que tenía que ser implacable para ser escritora. Y pienso en que no fui a ver a mi hermano, a mi hermana y a mis padres porque siempre estaba trabajando en un relato y nunca tenía tiempo. (Pero tampoco quería ir.) Nunca tenía tiempo, y después comprendí que si seguía con mi matrimonio no volvería a escribir otro libro, no del tipo que yo quería, y eso también contaba. Pero en realidad, creo que el ser implacable consiste en aferrarme a mí misma, en decir: ¡Ésta soy yo, y no pienso ir a donde no soporto ir –a Amgash, Illinois–, y no seguiré en un matrimonio con el que no quiero seguir, y voy a agarrarme y a lanzarme de cabeza a la vida, a ciegas, pero allá voy! Eso es ser implacable, pienso yo.

Mi madre me dijo aquel día en el hospital que yo no era como mi hermano y mi hermana. «Mira la vida que llevas ahora. Tú seguiste adelante y... lo hiciste.» Quizá quiso decir que ya era implacable. Quizá quiso decir eso, pero no sé qué quiso decir mi madre.

Mi hermano y yo hablamos por teléfono todas las semanas. Sigue viviendo en la casa en que nos hicimos mayores. Igual que mi padre, trabaja con maquinaria agrícola, pero no parece que lo despidan ni que tenga el mal genio de mi padre. Nunca he sacado a relucir que duerma con los cerdos antes de que los lleven al matadero. Nunca le he preguntado si sigue leyendo libros para niños, los de la gente de la pradera. No sé si tiene novia o novio. No sé casi nada de él, pero me habla con cortesía, aunque no me ha preguntado ni una sola vez por mis hijas. Yo le he preguntado qué sabía de la infancia de mi madre, si se había sentido en peligro. Dice que no sabe nada. Le conté lo de las siestas de mi madre en el hospital. Y volvió a decirme que no sabía nada.

Cuando hablo por teléfono con mi hermana, siempre está enfadada y se queja de su marido. No ayuda con la limpieza ni con la cocina ni con los niños. Deja levantada la tapa del váter. Es de lo que habla todas las veces. Su marido es un *egoísta*, dice. Ella no tiene suficiente dinero. Yo le he dado dinero, y cada pocos meses me envía una lista de lo que necesita para los chicos, aunque tres de ellos ya se han ido de casa. La última vez había anotado «clases de yoga». Me sorprendió que ofrecieran clases de yoga en el pueblecito en que vive, y me sorprendió que ella –o quizá sea su hija– quiera asistir, pero le doy el dinero cada vez que me envía la lista. Me sentó mal lo de las clases de yoga, aunque no digo nada, pero creo que mi hermana piensa que yo le debo ese dinero, y también pienso que a lo mejor tiene razón. De vez en cuando pienso sin querer en el hombre con el que se casó: ¿por qué nunca baja la tapa del váter? Enfado, dice mi educada doctora. Y se encoge de hombros.

Mi compañera de habitación de la universidad tenía una madre que no se había portado bien con ella; mi compañera de habitación no le tenía especial cariño. Pero un otoño la madre le envió un paquete de queso, y a ninguna de las dos nos gustaba el queso, pero mi compañera de habitación no podía tirarlo ni soportaba la idea de dárselo a alguien. «¿Te importa que lo guardemos en algún sitio?», me preguntó. «Es que me lo ha regalado mi madre.» Y yo le dije que lo comprendía. Puso el queso en el alféizar de la ventana, por fuera, y allí se quedó; acabó cayéndole la nieve encima, y las dos nos olvidamos de él, pero llegó la primavera,

y allí seguía. Al final decidimos que yo me deshi-
ciera del paquete mientras ella estaba en clase, y
eso hice.

Quiero decir una cosa sobre Bloomingdale's: a veces pienso en el pintor, porque estaba orgulloso de la camisa que había comprado en esos almacenes, y en que recuerdo que a mí me pareció superficial. Pero mis hijas y yo hemos ido allí durante años: nuestro sitio favorito es el mostrador de la séptima planta. Mis hijas y yo vamos primero al mostrador a tomar yogur helado, y luego nos reímos de lo que nos duele el estómago, y después pasamos por la zapatería –así de poco metódicas somos– y la sección juvenil. Casi siempre les compro lo que quieren, y ellas son buenas chicas, muy cuidadosas, y no se aprovechan; son unas chicas fantásticas. Hubo unos años en los que no querían venir conmigo: estaban enfadadas. Nunca fui a Bloomingdale's sin ellas. Ha pasado el tiempo, y ahora volvemos cuando están aquí. Cuando pienso en el pintor, pienso en él con cariño y espero que le haya ido bien en la vida.

Pero en muchos sentidos, Bloomingdale's es como nuestra casa para mis hijas y para mí.

Bloomingdale's es como nuestra casa por lo siguiente: en todos los pisos en los que he vivido desde que me marché de la casa en la que crecieron mis hijas, siempre he procurado tener un dormitorio de sobra para que pudieran quedarse cuando vinieran, y ninguna de las dos se queda ni se ha quedado nunca. Kathie Nicely podría haber hecho lo mismo; nunca lo sabré. Pero he conocido a otras mujeres cuyos hijos no iban de visita a su casa, y nunca se lo he reprochado a esos chicos ni se lo reprocho a las mías, pero me da mucha pena. A mis hijas les he oído decir «mi madrastra». Bastaría con que dijeran «la mujer de mi padre». Pero dicen «mi madrastra», y a mí me dan ganas de decirles: ¡Sí, pero ella no os lavó la carita mientras yo estuve en el hospital, ni siquiera os pasó un peine por el pelo, pobrecitas mías, si parecíais unas pordioseras cuando vinisteis a verme, y me dio mucha pena que nadie se ocupara de vosotras! Pero no lo digo ni debería decirlo. Porque soy yo quien dejó a su padre, aunque entonces yo creía de verdad que sólo lo estaba dejando a él. Pero fue una tontería pensar eso, porque también dejé a mis hijas, y dejé su hogar. Mis pensamientos pasaron a ser míos, o los compartí con otras personas que no eran mi marido. Yo estaba distraída; me distraía fácilmente.

¡Qué furia la de mis hijas en aquellos años! Hay momentos que intento olvidar, pero que no olvidaré nunca. Me preocupa qué será lo que ellas no olviden nunca.

Becka, la más sensible de mis hijas, me dijo en aquella época:

—Mamá, cuando escribes una novela, puedes reescribirla, pero cuando vives con alguien veinte años, *ésa* es la novela, y no puedes volver a escribir esa novela con nadie.

¿Cómo lo sabía, mi niña querida? A tan tierna edad ya lo sabía. Cuando me lo dijo, la miré. Repliqué:

—Tienes razón.

Un día a finales de verano yo estaba en casa del padre de las niñas. Se había ido a trabajar y yo me quedé con Becka, que vivía con él, como siempre. Aún no se había casado con la mujer que había llevado las niñas al hospital y que no tenía hijos. Fui a la tienda de la esquina —era por la mañana temprano—, y en el pequeño televisor que había encima del mostrador vi que un avión había chocado contra el World Trade Center. Volví rápidamente a la casa y encendí el televisor. Becka se puso a ver la televisión, yo fui a la cocina a dejar lo que había comprado y oí gritar a Becka: «¡*Mami*!». El segundo avión se había estrellado contra la segunda torre, y cuando corrí a ver qué quería mi hija, tenía una expresión de terrible angustia. Siempre pienso en aquel momento. Pienso: Fue el final de su infancia. Las muertes, el humo, el miedo por toda la ciudad y todo el país, las cosas espantosas que han ocurrido en el mundo desde entonces: personalmente, yo sólo pienso en mi hija aquel día. Nunca he oído, ni antes ni después, ese gemido especial en su voz: *Mami.*

Y pienso a veces en Sarah Payne, en que apenas fue capaz de pronunciar su nombre el día en que la conocí en la tienda de ropa. No tengo ni idea de si sigue viviendo en Nueva York; no ha escrito más libros. Tampoco sé nada de su vida, pero pienso en lo agotada que la dejaba dar clases. Y pienso en lo que decía, que todos tenemos una única historia, y creo que no sé cuál era o es su historia. Me gustan los libros que escribió, pero no puedo evitar la sensación de que rehúye algo.

Cuando estoy sola en casa últimamente, no siempre, pero sí a veces, digo en voz alta, pero bajito: «¡Mami!». Y no sé qué es, si estoy llamando a mi madre o si oigo el grito de Becka aquel día cuando vio el segundo avión estrellarse contra la segunda torre. Creo que las dos cosas.

Pero ésta es mi historia.

Y sin embargo, es la historia de muchos. Es la historia de Molla, la de mi compañera de habitación de la universidad; podría ser la de las Guapas Chicas Nicely. ¡*Mami*! Mamá.

Pero ésta es mi historia. Ésta. Y me llamo Lucy Barton.

Chrissie me dijo, no hace mucho, hablando del marido que tengo ahora: «Lo quiero, mamá, pero espero que un día se muera mientras duerme y así se podrá morir mi madrastra también y papá y tú volveréis a estar juntos». Le di un beso en la cabeza. Pensé: Esto es lo que le he hecho a mi hija.

¿Comprendo la pena que sienten mis hijas? Creo que sí, pero ellas podrían sostener lo contrario. Pero creo conocer muy bien el dolor que de niños apretamos contra el pecho, que dura toda la vida, con una nostalgia tan profunda que ni siquiera eres capaz de llorar. Lo agarramos con fuerza, sí, con cada latido del corazón convulso: *esto es mío, esto es mío, esto es mío.*

Últimamente pienso a veces en cómo se ponía el sol del otoño en las tierras que rodeaban nuestra casa. Un panorama del horizonte, del círculo completo si te dabas la vuelta, el sol poniéndose a tus espaldas, el cielo enfrente, volviéndose rosa y suave, de pronto otra vez ligeramente azul, como si no pudiera abandonar su belleza; entonces, la tierra más próxima al sol poniente se ponía oscura, casi negra, recortada contra la línea naranja del horizonte, pero si te das la vuelta, el ojo todavía puede percibir la tierra tan suave, los escasos árboles, los tranquilos cultivos de cobertura ya removidos, y el cielo resistiendo, resistiendo hasta acabar oscuro. Como si el alma pudiera quedarse tranquila en esos momentos.

Toda la vida me asombra.

Agradecimientos

La autora desea expresar su agradecimiento por la ayuda prestada con este libro a Jim Tierney, Zarina Shea, Minna Fyer, Susan Kamil, Molly Friedrich, Lucy Carson, la Bogliasco Foundation y Benjamin Dreyer.

Elizabeth Strout nació en Maine, pero desde hace años reside en Nueva York. Es la autora de *Olive Kitteridge*, novela por la que obtuvo el Premio Pulitzer y el Premi Llibreter, *Los hermanos Burgess, Abide with Me* y de *Amy e Isabelle*, que fue galardonada con el Art Seiden-baum Award de *Los Angeles Times* a la primera obra de ficción y el Heartland Prize del *Chicago Tribune*. También ha sido finalista del Premio PEN/ Faulkner y el Premio Orange de Inglaterra. Sus relatos se han publicado en varias revistas, como *The New Yorker* y *O, The Oprah Magazine*.

Esta primera edición de *Me llamo Lucy Barton* de Elizabeth Strout
se terminó de imprimir en *Grafica Veneta S.p.A. di Trebaseleghe*
(PD) de Italia en enero de 2022. Para la composición del texto
se ha utilizado la tipografía Celeste diseñada por Chris Burke
en 1994 para la fundición FontFont.

Duomo ediciones es una empresa comprometida con el medio
ambiente. El papel utilizado para la impresión de este libro
procede de bosques gestionados sosteniblemente.

PEFC
PEFC/18-31-226

Este libro está impreso con el sol. La energía que ha hecho posible
su impresión procede exclusivamente de paneles solares.
Grafica Veneta es la primera imprenta en
el mundo que no utiliza carbón.

GRAFICA VENETA

Otros títulos
de la colección Nefelibata:

La simetría de los deseos,
de Eshkol Nevo

El libro de mis vidas,
de Aleksandar Hemon

Wakolda,
de Lucía Puenzo

El amante,
de A.B. Yehoshua

El vagón de las mujeres,
de Anita Nair

Cuando el emperador era Dios,
de Julie Otsuka

El bosque del cisne negro,
de David Mitchell

El fiordo de la eternidad,
de Kim Leine

Unos días para recordar,
de Marie-Sabine Roger

El atlas de las nubes,
de David Mitchell

El corazón es un lugar feroz,
de Anita Nair

Un mundo para Mathilda,
de Victor Lodato

Buda en el ático,
de Julie Otsuka

Esperando el alba,
de William Boyd

El cantar del fuego,
de A. B. Yehoshua

Donde viven los tigres,
de Jean-Marie Blas de Roblès

El amor imperfecto,
de Sara Rattaro

Diez cosas que he aprendido del amor,
de Sarah Butler

El Camino inmortal,
de Jean-Christophe Rufin

Hechizo en Nueva York,
de Suzanne Palmieri

Open,
de Andre Agassi

Elizabeth ha desaparecido,
de Emma Healey

La Sociedad literaria Ojos de Liebre,
de PasiIlmari Jääskeläinen

Alguien como tú,
de Sara Rattaro

La emperatriz de los helados,
de Anthony Capella

Próximamente:

El comisario Bordelli,
de Marco Vichi

La figurante,
de A. B. Yehoshua